林奇梅童話故事集——

兔子的試探

林奇梅　著

自序

沿著一條名叫波爾河的河畔散步，看見河岸兩旁的楊柳吐芽新綠，仰望藍天浮雲的飛躍，忽然看見一群雁鳥飛過，他們起得如此早而呼朋引伴地要去旅行，或是要到另一個湖做滑水遊戲和比賽，他們團隊合作的精神可佳。

站在橋墩上，俯視波爾河水流悠悠，柔柔的水波洗滌了我的心靈有了無比的清新，一篇篇要為小朋友們書寫的兒童故事和繪圖，就好像是放映的電影，一幕一幕的展現在我的眼簾。

兔子的試探

曾經有一匹長大的小馬有了慈愛媽媽的叮呤，勇敢的游過湍急的河流，而第一次完成了任務，從此他不再害怕，而且意志堅定。

過了小橋，我悠哉悠哉的走在綠油油的野地上，時而聞到草兒的芳香，新鮮的空氣裡，微微的風在我的耳邊吹拂，一隻小兔子聽出我的腳步聲，從小洞裡鑽出頭來，他對於我的來到並不陌生也不害怕，我揮著手與小兔子打招呼，突然，有一隻狐狸攢出樹叢疾速地從我的面前而過，狐狸喜愛偷襲鄰近的農家雞園，而且向來是一種比較自私和狡猾的動物，他以為我會是一位打獵者，所以又躲到另一個樹叢裡，於是，我為了居住在野地裡的小兔子全家的安危，有了兔子對於狐狸的試探。

小老鼠們隨著爺爺去野餐，他們已經身處在迷路的森林裡，然而他們克服害怕而勇敢面對，終於能找出森林的新路，而與爺爺過著溫馨的夜晚。

紫蘿蔔的故事裡，說著住在安全野地裡的小白兔，有一個充滿著溫馨的家庭，家裡種了好多的白菜和蘿蔔，身為大哥哥的兔子分享了自己栽種的紫蘿蔔，他真有寬闊的胸懷，懂得分享所帶來的快樂。

兔子栽種蘿蔔在農田裡的耕耘辛勞和豐收的愉快，不免讓我想起美麗的水牛為農家忙碌的貢獻，水牛是很有靈性的一種動物，與

主人相處了一生的歲月，年紀大了，知道自己將要永久離開主人的時候，然而在依依不捨的當兒，他如何來報答主人對他的照顧之恩呢？

兩隻蟋蟀為了爭奪一朵美麗的喇叭花，而互相不謙讓，破壞了那一朵花的美麗，蚱蜢傷心難過，後來受到花神安慰，有了另一朵更大的喇叭花，蚱蜢原諒了蟋蟀，所以兩隻蟋蟀從此和蚱蜢相處得很好。

森林裡的鳥兒是如何跟隨小雲雀來唱歌，而烏鴉時常逃課，後來他學到了如何唱歌嗎？倘若烏鴉能與其他的同學一樣努力的學習，他也會唱出好聽的歌。

老虎在動物們每年開會的活動裡，做了什麼報告？他們在爭論什麼事情？老虎又為什麼要處罰猴子的行為，其他動物們對於老虎的提議都表示贊成嗎？開會後他們決定了什麼大事情？

守在乾旱土地上過日子的蝸牛，因為不聽好心朋友的再三勸告和幫忙，寧可守著自己的故居，而不願意離開溫暖的屋子，當他的年紀大了以後，他有什麼感慨？是後悔從前的決定而難過，或是繼續住在同一個村落過一輩子。

紅蘋果與媽媽相依為命，長大了不想離開母親，但是，男大當婚女大當嫁，紅蘋果在媽媽的勸告下，終於依依不捨地離開媽媽而

另組了家庭。長春藤與他相處很久的老松就要離開，他心中非常地難過，然而老松爺爺的勇敢面對，使得長春藤也很勇敢地與松樹爺爺相處，過著最為快樂的短暫時光。

草兒有耐性和堅強的毅力，雖然每天受到來自多方面的踐踏，但是他永遠抬頭挺胸，翠綠的身體隨風搖曳而歡迎著人們。

住在英國的康乃馨花感覺非常的孤獨，後來她又如何成為世界上最為受歡迎的聖花呢？

春天的早晨波爾河的河面水波如鏡，只見幾片冬天遺留下來的落葉。我遠遠地看見有一隻蒼鷺鳥老等在河邊，等我走近他時，才搖晃著腳，展開了翅膀飛躍而起，在四周的低矮的天空裡飛行環繞了幾圈，等我走遠了，又回到了河邊，翹起了一隻腳，等待著魚兒的上鉤。

在野地，看見小徑的竹籬有了很多開著粉紅色、紫色及白色的牽牛花，她喜歡追逐著早起的太陽，細細的莖向上伸展，她往高處爬的毅力和努力值得稱許。

我走到豪士頓的山腳下，看見野地到處有黃澄澄的水仙花開放得熱情豪放，爬上了百層的石階，到了山頂尖，我終於能夠極目遠望著格林佛小鎮的景色，我回憶起小時候與家人到白河關子嶺爬上好漢坡最高階層時的雀躍，我也不忘記在鄉下的田園裡耕種的辛

苦，忙碌和快樂，想念兒時與牛為伍，放著牛在草地上吃草，自己倚在樹旁看書的歡樂和雅趣，林林總總像一本厚書充滿在我的生活樂章裡，我多麼高興能分享給親愛的讀者。

林奇梅　於倫敦格林佛小鎮　老田巷

二〇一一年　七月十六日

目錄

第一單元 小馬過河

第二單元 紫蘿蔔

目錄

第三單元 一個紅蘋果

第四單元 追逐太陽的喇叭花

第一單元

小馬過河

1 小馬過河

科爾農場裡養了很多種的動物和家畜，動物有如馬、牛、驢、狗、兔子、貓等，家畜有如豬、雞、鴨、鵝等等，在農場不遠的小山裡還有野生的松鼠、狐狸和狼。

科爾農場的主人約翰，經營農場很多年了，他愛護農場裡的家畜和動物們有如他自己的孩子。

約翰有一隻長得非常清秀而美麗的馬，名叫瑪莉，還有一隻長得帥，有力氣而又會耕田的馬，名叫吉米，吉米和瑪麗有一個馬兒子名叫傑克。

約翰有兩輛馬車，一輛是他和夫人上街購貨時乘坐的馬車，是由美麗的馬媽媽瑪莉拉乘的，他也有一輛專門在農場裡載著貨物的小貨馬車，那是由馬先生吉米負責。

每當約翰要去城裡採購物品時，他就駛著由瑪莉拖載的馬車，倘若約翰要下田種麥或是種玉米時，就由吉米負責耕田和載著穀類，約翰對待吉米和瑪麗都非常好又親切，吉米和瑪莉他們夫妻倆也非常樂意為約翰服務。

小馬兒傑克現在兩歲，他長得可愛而討人喜歡，他有瑪莉的美麗也有吉米的瀟灑和大力氣，為了使傑克將來能承擔良好的重任，約翰時常給予傑克機會訓練，吉米和瑪莉也樂於看見傑克接受主人的教育和薰陶，吉米和瑪莉也希望傑克會是一匹獨立、勇敢有力量的馬。

傑克雖然長得高大，但是他的膽子卻很小，約翰為了要訓練傑克能獨立自主，他要傑克載著一些玉米到城裡哥哥的店舖裡賣，同時也要從商店裡購買一些雜糧回來，這些購買的物品，都是由約翰已經寫好的紙條放在傑克所背的袋裡。

平常傑克只是在臨近的鄉村採購物品，但是，有一天傑克真的要進城了，他的背上擔著了兩個大背袋，他來到河邊，他看見河流寬大而水深，他又看見水流得非常的湍急，而流水聲又嘩啦嘩啦的聲響著，他害怕極了，他想著：「媽媽瑪莉如果在我的身旁有多好。」

小馬看見在河邊有一隻吃著草的水牛，於是他走過去，很有禮貌的對著牛說：「牛伯伯梅爾，你好，請問這一條河的水有多深？」

牛伯伯梅爾回答著說：「小馬，河水很淺，我天天在那兒喝水、洗澡和游泳。」

小馬勇敢地完成主人吩咐的重任，他高興極了！

小馬傑克聽著牛伯伯的話就要過河，剎那間，在河旁邊的一棵柳樹上，有一隻松鼠叫著：「小馬傑克，請你不要過河，河水深又急，前兩天，我的友伴才被水流沖走了。」

於是，小馬傑克更害怕極了，他急急忙忙的奔跑著回家，告訴了媽媽，他不敢過河，並且將這一天在河邊所發生的經過情形，一五一十的告訴了媽媽瑪莉。

媽媽問小馬：「傑克你有沒有自己嘗試過河？」傑克回答著：「媽媽，我沒有。」

於是馬媽媽瑪莉很慈祥的對著小馬說：「傑克你自己都沒有嘗試過河，你怎麼知道河水有多深呢？」

第二天的清晨，紅紅圓圓的太陽微笑著，小馬起了個大早，他將兩袋頗重的穀子往身上背著，興高采烈的來到河邊，他正準備著要過河。

突然，他聽到松鼠諾曼的叫聲：「傑克，水流很急，很危險，請不要過河。」

但是，小馬傑克的腦子裡，清楚的記得媽媽瑪莉所說的話，於是他鼓起勇氣，往著河裡走了過去。

小傑克到河的中央，他雖然還是有一點兒害怕，但是，他終於克服心中的害怕而勇敢地游過了河，安全的到了城裡賣了貨而又買了貨回到農場。

當他回到了家，他告訴了爸爸和媽媽，媽媽稱讚著小馬說：「傑克，你真勇敢，你終於完成了主人吩咐你的使命，主人會很喜歡而重用你的。」

小馬的爸爸吉米也說著：「傑克，當你長大了，處理任何事情，不要只是道聽塗說，而是需要自己勇於嘗試，才會知道什麼是成功與失敗。」

2 自私的狐狸

有一隻狐狸名叫山姆，他住在英國威爾斯的一個小山裡，他是一隻頂聰明的動物，但是，他的個性很怪異，他很自私，而且不與其他的朋友來往，每天過著獨來獨往的日子。

狐狸自己生活雖然孤單寂寞，但是他有一身的好功夫，他有好的絕技，知道如何攻取侵略敵人，也懂得保護自己。

威爾斯的村莊裡有了很多的農場，那兒的農場養了很多的雞，每一個農場裡的雞都非常的肥美而可口。

英國各地的超級市場只要是來自威爾斯這一個小村落生產的雞，都非常的歡迎採購，因為到超級市場購買雞肉的顧客特別喜歡威爾斯人以淳樸自然的方式飼養雞。

狐狸山姆最喜歡的食物是雞肉，他住在這一個小山丘裡，與這一個充滿和諧淳樸的農村為鄰，由於狐狸懂得侵襲的技巧，所以他每天很輕易地能夠偷襲附近農場的雞，享受著美食，他感到高興和快樂。

威爾斯村莊裡的農場主人亨利為了狐狸時常侵襲，常為

他們的農場而擔心，他們時常想盡辦法來捕捉這一隻狡猾的狐狸，但是總是失敗而不能活活的捉拿他。

有一天，狐狸山姆像往日一樣，來到了村莊，很不幸地卻被一隻狼狗給發現了，於是狼狗吠叫，叫醒了正沉睡的農場管家，農場主人亨利也起來趕著追逐，狐狸拼命的跑到樹叢底下埋伏著，眼看著狐狸這一次的偷襲是要失敗了，就在這個最為危險之際，有一隻在樹上跳躍的猴子從樹上跳了下來，找食物吃，猴子的動作引開了農場主人和狼狗的視線，於是，追逐的一群人也因此往另一個方向前去了。

　　當這一群追逐的農夫和狼狗遠離後，聰明的狐狸山姆雖然知道猴子不是有意來拯救了他，但是，在害怕與惶恐的當兒，狐狸卻裝得非常的鎮靜，他從叢林裡走了出來，而熱情的對著猴子說：「親愛的

狐狸站在高高的山崗上，遙望著美麗的農場。

猴子爸爸，今天，很難得地看見你，打扮得如此的瀟灑，你顯得很有精神，帥哥一個，你是有什麼好消息可以分享嗎？」

猴子拉曼聽到狐狸山姆讚美了他，他很高興地回答著：

「是啊！今天是我女兒的生日，我特地要找些東西來慶祝慶祝。」

雖然猴子並沒有告訴狐狸要去找的是什麼？但是，聰明的狐狸知道猴子所說的東西就是花和食物，狐狸更知道猴子們最為喜歡的是美麗的玫瑰花和好吃的水果香蕉。

於是，他自告奮勇地接著回答說：「你的家有那麼多人需要你照顧，天氣這麼地冷，你要找的玫瑰花和好吃香蕉的這一項任務，就由我義務為你效勞吧！」

猴子聽到狐狸有如此的熱心，他受寵若驚又開心，於是很快樂地回答著：「是啊！難得狐狸先生，這麼地體貼，又這麼地了解我，既然，你如此的熱心誠懇，又願意幫忙，那麼，我尊敬不如從命的順著先生的意思吧！」

於是，狐狸山姆真的為猴子拉曼辦妥了這一件事情，猴子一家人開心和快樂地接納狐狸是他們的好朋友。

狐狸被追逐而恐慌的教訓一直銘記在心，他偶而想吃肥嫩甜美可口的雞肉時，他總是小心翼翼地作了偷襲的工作。

狐狸山姆自從與猴子拉曼作了朋友，隨著日子一天一天的過去，狐狸也漸漸地與猴子建立了好的友誼。

在威爾斯的另一座深山的野地裡，栽種了很多的桃樹，每年的春天一到，桃樹開滿了花，夏天綠色的桃子接受了雨水的滋潤，桃子慢慢的長大，當秋天楓紅的日子裡，滿山野的桃子長得紅潤而可愛極了。

然而，要到那一座滿山野的桃樹園，必須要經過一條湍湍流水霄衝擊大的河流，很不幸地，要經過這一條河卻沒有橋可以通行，所以猴子一家人每年都是看著紅紅的桃子而望梅止渴。

狐狸與猴子做了朋友後，知道猴子祖先的傳統，就是作為一隻猴子，其一生中，必須吃過野生的桃子才能夠長壽，狐狸也真正知道猴子一家人，總是很失望地不能過河，因此吃不到到對岸一片山野所生長的桃子，感到失望而長噓短嘆。

於是，狐狸與猴子決定一起建一座橋，以便桃子成熟的那一天，他們可以一起去採摘桃子吃，他們花了很大的力量，扛著一根木頭，從這邊的野地的土墩架到另一邊的野地上的土墩，而成了一座獨木橋。

隨著日子過去，河對岸的山上及野地是一片金黃的景色，

楓樹紅葉欣欣向榮，野蘋果金黃掛樹梢，而桃子粉紅成熟滿野地。

猴子一家人想吃桃子，狐狸也想吃桃子，於是他們結伴一起要去採摘桃子了。

由於這一座橋是獨木橋，所以太窄太狹細，兩個人不能同時走，只能一個人先走過去，而另一個人再走過去。

這時候，狡猾的狐狸顯現了自己自私的一面，狐狸對著猴子說：「讓我先過去，你跟著後面再過去，然後你的家人再跟隨著後面吧！」

善良的猴子拉曼同意了，於是山姆他搖搖擺擺地先過了河。

自私的狐狸知道吃了桃子可以長命百歲，他想自己獨享而能活得更久，於是他除了自私又起了黑心，當他過了橋到了另一端的土墩時，便故意將木頭給推倒到河裡去，不但如此做得動作，嘴巴又開得大大的哈哈大笑說：「猴子拉曼，請你帶著家人及你的小猴子們回去吧！你已經沒有口福享受桃子了。」

猴子眼睜睜地看著狐狸已經過去，又故意推倒了木橋，而且又說出如此寒酸的話，最讓猴子深感難過的是看見狐狸的得意相，而顯現其自私和狡猾的一面，猴子是真的很生氣了。

被拋棄而受到愚弄的猴子拉曼，他當然很生氣，但是猴子

此時卻顯得格外的鎮靜地大笑說：「狐狸山姆，請你不要得意，哈哈，狐狸，你能夠吃到桃子，可是，你卻永遠回不來了。」

狐狸聽到了非常地著急，可是沒有其他辦法了，於是他苦苦的求著猴子的幫忙說：「猴子，我是你的好朋友，請你幫我想辦法吧，能夠讓我回來。」

猴子一句話都不說，頭也不回的帶著眷屬回家了。

就在這緊張的時刻裡，飢餓的老虎出現了，他不客氣地將狐狸咬住而分享狐狸肉給全家人當午餐。

自私的狐狸不但沒有享受到桃子的甜蜜和活到百歲，反而自作自受地成了老虎的腳下仇而當老虎的食物。

3 聰明的烏龜

位於英國北部的林肯轄郡，有一個鄉村名為爾雅村，住在村裡的人都非常友善，村裡有一個小動物農場就叫爾雅農場，爾雅農場的主人喬治，他很喜歡動物，他富仁慈心，在他的農場裡，他特別為動物們種了很多不同種類的蔬菜，他種了這些蔬菜都不是要來賣的，而是用來供應一些野生動物們的三餐的需要，人們都讚美他富愛心和仁慈心，他時常對人說：「上帝保佑我有了好的事業和農場及有和諧的家庭，我很感激，更何況我取之於社會，也應該要為社會做些事，為社會大眾謀福利，一個人時常要有心存感恩的心，和對於社會有了回饋的心，那麼上帝會更為愛你！」

約翰有幾個大農場，其中以爾雅農場為最小，住在爾雅農場的大多數是野生小動物，有如野兔、白兔、烏龜、狐狸、牛、馬、羊、狗、貓、老鼠、松鼠、獾等，這些野生動物們相處愉快，彼此照顧和關心。

有一天的清晨，野兔吉吉起得很早，他覺得肚子非常的

餓，於是他飛快的跑到農夫喬治所種的蔬菜園林裡，看著菜園四周都沒有人，他拔起了一棵又一棵的白菜，因為肚子太餓了，他就坐在菜園的小空地上，開始使用早餐，大大方方而又大口大口地咬著。

住在野地靠近柏恩河旁的小烏龜曼曼，也是由於肚子餓，起了個大早，雖然說是大早，其實只不過比一般起床的時間稍微早些罷了，他知道農場主人喬治種了很多的蔬菜，是供給野生動物們吃的食物。

烏龜曼曼雖然肚子餓，但是，他還是慢慢的爬到了農場，

他遠遠看見了野兔吉吉吃著白菜的態度，和大口大口地咬著白菜的速度，其速度非常地快，也非常的驚人，於是，他走到菜園裡，很有禮貌的對著野兔說：「吉吉早，請你不要吃得那麼快，否則這一片農場裡的蔬菜，就會被你全部給吃光了！」

野兔吉吉聽到烏龜站在那兒抱怨，他不但不理睬，仍然只顧自己拚命不停的吃著白菜，烏龜看著野兔的吃相，而他對於野兔的抱怨和警告，野兔裝著沒聽見，根本當做耳邊風而不放在心上，烏龜確實地不高興了，於是他提高了嗓門，大聲又重複地說著話：「吉吉，請你不要吃得那麼快，否則這一片農場

裡的白菜，就會被你全部給吃光了！」

野兔吉吉這時候聽到烏龜曼曼的大聲音，於是，他轉過了頭，對著烏龜曼曼說：「曼曼，農場裡的動物們都還在睡覺，請你不要在這裡叫得那麼大聲，今天是我第一個來到農場，當然，我有優先吃這些蔬菜的權利，倘若你看得不過去，那麼，我們來比賽賽跑，倘若你能贏得過我，我就讓出來，以後的清早就由你優先來吃這些白菜，倘若你輸了，你就沒有資格在此大聲地對我說這一些話，我儘管地可以優先享受著吃這些蔬菜，你也不得干涉我吃得快或是已經吃了多少。」

烏龜回答著說：「吉吉你的腿長，比賽賽跑，當然你一定會贏，我是不會和你比賽賽跑的。」

野兔吉吉說：「烏龜曼曼你就是沒有膽量，你不跟我比賽，那就是說你承認自己是失敗者，那麼，你就沒有資格在此地大聲地說話，曼曼你自己說吧！決不決定完全在於你，是嗎？」野兔吉吉很自大地說著。

烏龜曼曼知道野兔是如此的不讓人，他終於了解，為什麼很多朋友對於野兔有了不好的批評，根據他們的說法都說，野兔吉吉是一隻不講道理的兔子，於是烏龜為了顧及大家的利益

和公平起見，於是，他就答應與野兔比賽賽跑。

烏龜曼曼和野兔吉吉彼此為了爭吃蔬菜，而發生了口角，這個口角之爭的消息也被傳了開來，爾雅農場的動物們，大家都知道野兔吉吉不講道理的錯誤行為，大家都認為以曼曼和吉吉的這一場賽跑比賽，來決定誰先吃蔬菜，這是多麼滑稽又不公平的事情，而且不講道理的野兔，自認為自己一定是此次賽跑比賽的贏家，於是說話的態度是驕傲和野蠻，他的態度，使得其他動物們紛紛的抱不平，大家認為野兔不但不講道理，而是欺負人，於是，比賽的那一天，大家紛紛地來到現場為烏龜加油。

於是，不管烏龜曼曼和野兔吉吉是如何的爭吵，既然已經決定要比賽了，那麼動物們，也都一起來參與。

比賽的時間就設在清晨的九點，起點就設在一棵大橡樹下，這一棵大樹是大家所熟悉的，向來是作為大家歡聚的地方，動物們取了一株柳樹的小株條，放在這一棵大橡樹的濃密樹蔭下，作為起跑的起點線，終點就設在要進入約翰蔬菜農場的大門口，裁判由松鼠貝貝擔當。

小動物們為了爭看熱鬧的賽跑比賽，很早就起床，大多數的動物們都為烏龜加油，但也有少部分的動物為野兔加油，這

些來自不同心願的動物們，在比賽的那一天，都不敢怠慢，大家都起得早，都趕著到比賽的起點。

小動物們因為是看熱鬧而特別的興奮，而大動物們卻分外地安靜和嚴肅，觀眾們分別在跑道的兩旁觀賞和加油，野兔的朋友是狐狸和野狼，烏龜的朋友是小白兔嘉嘉、狗偉偉和由雞媽媽珍妮帶領成群的雞家族，松鼠貝貝因為是裁判，所以不得屬於任何一方的支持者。

比賽一開始，野兔就快快地往前跑，而烏龜只能依著自己的腳步，一步一步的往前爬，縱使慢，但他卻很有信心，一路上都有很多支持烏龜的動物們為他加油。

隔了一小時光景，野兔看著烏龜仍然在很後面，甚至於看不見烏龜曼曼的影子，於是，他很放心地坐在路旁的玉米田上，開始咬著自己從農場帶在身上的大紅蘿蔔，他大口大口地咬著，他吃得飽飽而真想睡覺，由於有祖先先前的教訓，不得在路上睡著而影響比賽的成功，因此吃得鼓鼓脹脹身子的野兔，不敢有所怠慢，他鼓著大肚子仍舊提起精神，往著前面走路，由於肚子吃得太飽了，他不得不於離終點站的五公尺的地方停下來休息，這一休息，野兔也就不由自主地睡著了。

烏龜由於知道自己走得慢，但他卻不會害怕，而頗具信心，他還是規規矩矩地一步一步往前行，他不敢有所拖延，比賽前，他曾經接受過教導和訓練，他知道一個人做任何事情，都必須要有始有終，不要抱怨，對於自己要有信心，況且一路上

聰明的烏龜終於以智慧取勝於兔子

有很多朋友都為他鼓勵和加油，他受到感動和感激。

時間已經過了中午時分，野兔在睡夢中偶而醒了幾次，但是由於未見烏龜的影子，於是他又睡著了，時間過得真快，就在下午三點左右，烏龜走過了橋墩，再走十公尺就可以到達終點了。

小狗偉偉和小白兔嘉嘉為了鼓勵烏龜，一路上都跟在烏龜旁，給烏龜鼓舞和增加他的信心。

由於距離終點站就只有十公尺之遠，小狗汪汪興奮地叫著，吠著，而小白兔嘉嘉由於太衝動，就喊出了聲音：「烏龜

曼曼，請你快一點兒，我們就快到終點了。」

小白兔嘉嘉的聲音驚醒了正沉睡的野兔吉吉，於是吉吉從睡夢中醒來，他一拔腿就跑，他跑了兩三個大腳步，就在烏龜之前安全的到達了終點。

於是，野兔很是驕傲地大聲說：「各位親愛的動物們，你們都看到了，我野兔吉吉是第一個到達終點的人，烏龜曼曼，他已經輸了，是我野兔打敗了烏龜曼曼，當然，以後我有足夠的理由，來優先享受著這一片由主人喬治栽種的蔬菜。」

吉吉驕傲又大聲的說話，雖然，吉吉確實是第一個到達終點的人，但是他的優先到達終點站，並不能代表著他就是贏家，因為他的話只是他個人的意思，卻不能代表大家的想法，不是經過大家的同意。

烏龜是一隻非常仁慈的動物，他知道自己輸了，他只是默默地不吭聲，但這並不表示烏龜的脆弱，他並不因此認為自己是失敗者。

小狗偉偉是第一個見證的人，小狗偉偉和小白兔嘉嘉一起向野兔提出了反對，他們說：「野兔吉吉，雖然你是第一個到達終點站的人，但是，那是由我的聲音給把你喊醒，否則你仍

舊還在沉睡，說真的，我認為你才是這一次比賽的輸者，烏龜曼曼雖然沒有贏得你的這一場比賽，但是他努力而有信心，他並不是輸家，所以我說這一場比賽，應該沒有誰輸或是誰贏，而你想霸佔所有農場的蔬菜，那是一種對大家都不公平的行為。」

小狗偉偉和小白兔嘉嘉的一番話，引起了大家的共鳴，既然，他們都敢提出他們的公義之聲，此時，野兔承認自私和過份的誇大和驕傲，於是他說出心中的話來了：「好吧，就算是我沒有贏，那麼，為了公平起見，由烏龜曼曼，說出他的想法吧。」

烏龜真的感謝小狗偉偉和白兔嘉嘉以及其他動物們的公義之聲，同時也感謝野兔的讓步，於是，烏龜說出了他的意見：「好吧，我提出一種比賽，那就是說誰是最先到達他自己的家，他就是贏家，可以嗎？」

野兔同意烏龜提出比賽的意見，於是大家又選松鼠作為裁判。

松鼠說：「好吧，兩位比賽者就位，槍鳴響……比賽開始。」

野兔吉吉和烏龜曼曼開始起跑了，不久，烏龜大聲地說：「好吧，我是贏家了，我已經到了我的家了。」烏龜說完，很

快地就躲進他那舒適而漂亮的硬殼窩裡。

是的，烏龜果真是一個贏家了，因為他已經到達了他的家。

大家都同意和拍手烏龜確實已經到了他的家，野兔點頭承認著：「烏龜真的是一位贏家。」

野兔勇於承認自己的自私和錯誤，他有讓度的胸懷，受到大家的敬佩，於是大夥兒快快樂樂地聚在一起，分享著農夫喬治的愛心，使得動物們能享受，他所栽種的一大片綠油油的蔬菜。

烏龜曼曼是一隻頂聰明，而有信心，和有忍耐氣度的烏龜。

4 兔子的試探

位於英國南部的愛薩斯郡，有一個鄉村，名為維爾村，住在維爾村裡的人都是和睦相處的野生動物，村裡的動物們非常淳樸，大家除了從事於自己喜歡的工作外，偶爾會相聚和聊天，大家彼此都不排斥不相害，也不動粗魯，日子一天一天地過去，各種動物自己生產糧食而不互相競爭，所以這一個動物村曾經被譽為和平村。

雖然名為和平村，但是也不能說這一個村裡都沒有壞人，這一個村落是大又寬廣，住在這一個地方是來自不同動物的家族，他們一群一群的搬遷入住，名為和平村當然歡迎來自四面八方朋友居住，住在這裡的動物們，種類多，然而大家都有一致的想法，那就是希望大家和平相處，居安思危，不分種族和宗教的信仰，也不分政治和黨派，大家都能夠互相照顧，使村落能夠一直維持著和平村的好名譽。

狐狸向來被譽為最聰明但富狡猾的動物，然而，住在和平村的狐狸家庭卻不同，他們與鄰居朋友相處得非常愉快，他們

兔子和狐狸時常騎著車結伴到公園玩耍。

有一隻小狐狸兒子，名叫富蘭克林，小狐狸富蘭克林擁有祖先的聰明和勇敢，但沒有他們的狡猾個性，相反的，他有善良的心和一股熱心腸，他喜歡做好事和幫助人。

富蘭克林有很多朋友，有如野兔、白兔、烏

龜、狐狸、牛、馬、羊、狗、貓、老鼠、松鼠和獾等，這些朋友中，以兔子威廉與他最為要好，他有空時，時常與威廉一起在野地裡放風箏或是賽跑，或是聊天話家常。

富蘭克林的嗜好就是唱歌、聽音樂和跳舞，他時常自己一個人坐在高高的小山丘上，欣賞著太陽下山的景色，有時候，他可以聽到美麗的歌聲，來自遠方的山腳下，美麗的歌聲總是隨著風兒的吹拂，一陣一陣的從山腰裡傳了過來，當他聽到這個歌聲時，他情不自禁地跳起舞來了。

最了解狐狸富蘭克林的人，莫過於是住在洞裡的鄰居小兔子威廉，因為當狐狸一跳起舞來，威廉的房間就跟著搖動，尤其當威廉在廚房裡煮菜或是燒開水時，水壺就會跟著舞動和劈拍劈拍響，小兔子剛搬來時，很不習慣因狐狸的跳舞，所帶來滿屋子的搖晃，如今，小兔子住在這裡久了，他也知道狐狸的個性和喜好，因為彼此是朋友，尤其兔子心胸寬大，久而久之也習以為常，偶而他也會提醒狐狸，不可過於囂張，必須自行約束。

有一天，兔子威廉穿好了運動服就要出外運動時，突然在家門口碰見了狐狸富蘭克林，他們互相打招呼，狐狸說：「威

廉，你好，你要上哪兒呀？」

兔子威廉說：「富蘭克林，你好，我就要去公園玩耍。」

狐狸又說：「威廉，我正閒著沒事做，我可以和你去公園玩嗎？」

兔子威廉說：「富蘭克林，好，那麼我們就一起去公園玩耍吧。」

他們一面走路，一面聊天，不久就來到了公園，在公園裡，他們一起盪鞦韆，一起玩蹺蹺板，甚至於他們還一起跑步，不用說，當然兔子比狐狸跑得快，他們也坐在草地上聊天，美麗的天氣帶給這倆個朋友愉快的早晨。

我們都知道兔子最為喜愛的食物是青菜和紅蘿蔔，而狐狸的喜愛食物卻是肉類，由於和平村是一個非常祥和的村落，動物之間彼此不侵犯，為了生活他們必須自己栽種蔬菜和養雞等，栽種蔬菜對兔子來說並不困難，但是養雞對於狐狸家庭卻是一件困難的事情，狐狸的爸爸媽媽時常餵養雞而忙碌，但是，到底他們不是專家，所以雞不會被養得肥胖，而是瘦瘦的，然而，狐狸家庭並不要求自己得過著多麼奢侈的生活，所養的雞雖然不是很肥，但只要能供應家人的需要即可。

兔子的試探

狐狸家族自從住在和平村以後，也漸漸改了以往祖先的惡習，那就是不去侵襲鄰家村落的雞肉來吃，但是也不能很肯定地說，他們的本性不會再重現，而起了侵襲雞家庭所養的雞來過日子，倘若沒有雞肉可以吃，或許還會找兔子作為他們的三餐食物，這一點使得兔子家庭雖然住在和平村裡，他們辛苦的種蔬菜和水果，但是，他們對於狐狸還是懷疑著？可能有一天會侵襲他們，他們仍覺得戰戰兢兢，他們的心裡認為害人不可有，但防人之心卻不可無，所以他們雖然與狐狸作朋友，心中總是還提防著保護自己，免得有一天會受到狐狸的侵害，因為

兔子家族對於狐狸的存疑，所以小兔子威廉對於狐狸家人需要做一個試探。

當兔子與朋友狐狸聊天時，兔子威廉趁機會試探狐狸富蘭克林的心胸，是否仍存在著傳統的習慣，那就是喜歡侵略雞家族惡習的本性，於是，威廉當起了試探長。

兔子威廉說：「富蘭克林，聽說住在這村落附近的雞家族麗麗是一隻美麗的媽媽，她養了很多小雞，小雞們都長得可愛而討人喜歡，你喜歡與她們做朋友嗎？或是你有興趣去拜訪他們？那麼你可以撥個空去看雞家族，甚至還可以請教他們如何

把雞給養得胖胖和強壯。」

熱心的兔子還繼續說著：「富蘭克林，倘若你不知道如何去雞家族的家，只要我有空，我可以撥一些時間帶你去。」

狐狸聽到兔子如此的描述著雞家族麗麗媽媽的漂亮和可愛，他倒是很想去認識這一位朋友，一則可以到處走一走看一看，而狐狸他自己倒是很想認識與結交多一些好朋友。」

狐狸趁著農耕稍微閒暇的一天，太陽才剛剛下山，彩霞點映著美麗粉紅暈紫的天空，整個大地像是美麗的世界，美麗的彩霞是會帶來好運而富羅曼蒂克，狐狸趁著這樣一個美好又亮麗的日子，啟程前往拜訪雞家族。

因為要去的地方，對於狐狸來說是一個陌生的地方，狐狸不想驚動其他動物家庭的注意，他輕輕的不作聲，而小心翼翼的來到雞家族的村落，當他來到雞家族麗麗的家時，他所看見的不是一個美麗的雞窩，也不是一個美麗的大家庭所住的房子，而是一團亂七八糟的垃圾堆積在門口的破屋子，還有一堆吃完東西都沒有洗過的盤子，圍牆的門也壞，而籬笆更是東倒西歪，令人不能想像的是一個美麗的雞媽媽，所領導的雞家庭的樣貌。

一向愛乾淨的狐狸看見了這一種情景，他實在看不過去了，他開始為雞家族的房間打掃，整理好床鋪，廚房洗了盤子，甚至於還為已經快死的番茄樹和玫瑰花澆了水，他從黃昏做到夜晚，累了幾個小時，仍然未見雞媽媽家族的人回來，於是狐

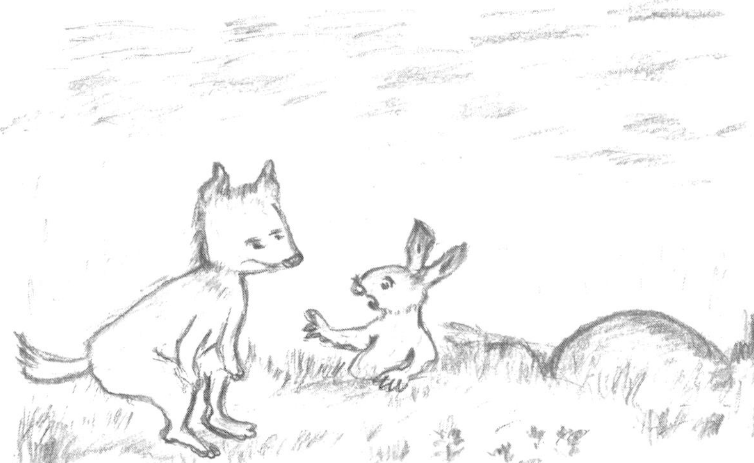

兔子和狐狸喜歡在一起聊天話家常

狸帶著少許的失望，準備回家，由於他清理的工作實在是太多又太久了，當他回到了家，他已經累得無力量而攤在床上睡著了。

幾個星期過去了，兔子對於狐狸的試探也經過了幾個星期，兔子威廉認為該是去看看狐狸的時候，他騎著小野單輪車來到狐狸的家，他看見狐狸正在整理著花園，兔子邀請著狐狸到公園玩球，於是狐狸和兔子各自騎著單輪的小野車來到公園。

兔子趁著他們玩得盡興的時候，試探著狐狸有否拜訪雞家庭，以及碰見雞媽媽時的態度，狐狸因為多次沒有碰見雞媽媽，而且還為雞媽媽整理房間的事一一的告訴了兔子，經過狐狸的描述，兔子可以了解狐狸的本性是純潔而善良的。

兔子聽到狐狸的描述，和多次的試探，可以稍微知道富蘭克林的處世和作人的態度，但是並不是如此的小小的試探，就可以相信富蘭苦林已經沒有祖先們的惡習，去侵略無辜的鄰居。

於是兔子又說著：「富蘭克林，這樣子說來，你已經拜訪了多次，但是都沒有碰見他們，雞媽媽們都很早就睡了，也許你可以改變去的時間，你可以提早，免得再次沒有碰到，而又空走了一趟。」

聽見兔子說的話後，狐狸覺得兔子說得頗有道理，富蘭克林是一隻很有耐心的動物，事隔幾天，狐狸再次拜訪了雞媽媽。

狐狸走到靠近雞家族之村時，他遠遠地聽到了美麗的歌聲，狐狸被這一首美麗的狂想曲給迷惑了，他順著歌聲的方向跳躍前進，出乎意料之外，美麗的迷魂曲樂，竟然來自於狐狸曾經拜訪的雞媽媽的家，他看見美麗的雞媽媽站在後院花園的南瓜棚上高興地唱著歌，狐狸就站在花園的牆圍旁一面欣賞一面觀看，更不由自主地跟著歌聲跳起舞來。

雞媽媽高興一首接著一首唱著，狐狸也跟著一首接著一首的歌快樂地跳著舞，雞媽媽與狐狸分別都陶醉於美麗的歌曲裡。

當雞媽媽唱完了歌，狐狸舉起了雙手鼓掌拍手和歡呼著。雞媽媽聽到鼓掌和歡呼聲是來自於一隻狐狸，此時她並不害怕，她很勇敢地從南瓜棚上跳了下來，她更主動地與狐狸打了一聲招呼。

雞媽媽說：「狐狸先生，你好，我叫布蘭妮，我就住在這一個房子裡，我有話要跟你說，我相信你就是為我整理房間的人，我很感謝你為我整理房間、花園和修理圍牆，今天你來了，我特別要當面感謝你。聽我的鄰居們說，你是一隻很有愛心和慈善心的狐狸，我很敬佩你，為了表示我對於你的感激之

心，我邀請你來我家喝茶和吃可口的蛋糕，而且，如果你有興趣學唱歌的話，我可以教你唱歌，和介紹你到各地的音樂廳表演，不知你的意下如何？」

狐狸看見雞媽媽說話的態度是多麼地誠懇，坦然和大方，更重要的事，雞媽媽不會因為自己是一隻狐狸而產生了畏懼，他更感覺到布蘭妮雖然每天很忙碌，但仍舊心存著感激的心對人。

於是，狐狸也以紳士的態度打招呼和自我介紹著說：「布蘭妮，你好，我的名字是富蘭克林，謝謝你對我說了這麼多讚美的話，我真的受寵若驚，我對於你的邀請和回饋也很感激，

我誠懇的對你說，我很願意接受你的邀請和教導，那麼，就讓我尊你為我的音樂老師吧。」

經過這一次的認識，雞媽媽布蘭妮和狐狸富蘭克林就成了好朋友，布蘭妮很認真的教導狐狸學唱歌，狐狸也時常幫布蘭妮整理花園和打掃房間，從此狐狸不但會唱歌還會跳舞，而布蘭妮的屋子乾淨和花園更是美麗無比。

兔子自從知道狐狸和雞媽媽成了好朋友，他甚為高興，從此他知道他們除了會一起唱歌和跳舞外，更會到處表演，兔子知道狐狸的家庭是一個很有教養的家庭，兔子一家人原本擔心狐狸會侵略的事情，早就拋到九霄雲外了，和平村是一個很祥和和快樂居住的好地方。

5 小老鼠的冒險

在英國格爾傑斯特郡，有一個村莊名叫諾克鄉村，在那兒的一個名為維尼的小農場，一年四季種著番薯和馬鈴薯，這一些穀物每年收成豐富，品質優良，受到附近超級市場的喜歡，但是，最喜歡這些根莖農作物的莫過於是小老鼠安吉拉一家人。

小老鼠安吉拉、爺爺路易士、爸爸威恩與媽媽曼妮等一家四口就住在這一個舒適的維尼農場裡。他們一家四口最喜歡的食物

就是甜番薯，安吉拉的爸爸和媽媽白天工作忙碌，所以安吉拉放學後，時常與爺爺到附近的公園裡，散步和打球或是盪鞦韆。

安吉拉和住在附近的堂弟亨利，在爺爺關心和愛心的照顧下，他們每天過得非常快樂。

這是一個美好的星期天，太陽一早就從東方的天空裡露出了圓圓的小臉，溫暖的陽光照射在安吉拉的床上，而美麗的晨曦卻找不到可愛的安吉拉，因為安吉拉與堂弟亨利兩個早就離開了床鋪，穿好了美麗的運動裝，在客廳和房間裡穿梭，小堂弟亨利戴著一頂瀟灑的歌林比亞帽子在客廳裡唱著歌，他們兩

位實在等不及要跟爺爺路易士，前往格林森林地野營。

爺爺坐在客廳的書桌旁，他正在看著今天的早報，他看見安吉拉穿著運動服，外加了一件美麗粉紅色的圍兜兜，襯托著孫女紅紅可愛的臉蛋，顯得格外的漂亮，小孫子亨利戴著當年爺爺小時候曾經戴過而存放的小紳士帽，亨利戴上這一頂帽子，顯得長大了許多，路易士看著亨利的形象，可真像自己孩提時候的頑皮樣，路易士可真開心。

路易士說：「安吉拉和亨利，你們兩位都準備好了嗎？不要忘了大貓兒隨時都會出現在你們的面前喔！」路易士總是喜歡逗逗孫子們。

路易士又說：「安吉拉和亨利兩位注意聽著，我一早就準備好登山野餐的食物，和晚上睡覺的帳棚和煮飯的工具，還有一些救生用的小藥箱，你們只要記得好你們該拿的小東西即可，你們的媽媽都已經為你們準備好，就放在餐廳的桌子上。」

出門前，安吉拉的爸爸和媽媽站在門口再三的叮嚀說：「安吉拉和亨利，你們兩位一路上要格外的小心，不要忘了大貓兒隨時都會出現在你們的眼前，還有一定要聽爺爺的話，不可以亂跑，以免發生了危險喔！知道了嗎？」

安吉拉回答著說：「是的，爸爸媽媽，我們都知道了，請爸爸媽媽放心吧。」

亨利也回答著說：「是的，伯父伯母，我們都知道了，請伯父伯母放心吧。我們一定會遵守伯父母的叮嚀，一路上跟隨著爺爺聽爺爺所說的話，而不會亂跑的。」

於是，他們祖孫三位就各背著自己的背包，往郊外野餐的方向前進了。

天氣非常的晴朗，太陽高高地掛在藍天上，一路上的景色非常的迷人，他們爬了幾個小山坡，走了一段距離後，安吉拉慢慢的跟不上，她跟在最後面，她的兩隻腿感覺很酸，而幾乎爬不動了，於是她在後面叫著爺爺：「爺爺，我們可以休息一下嗎？我的兩隻腳走不動了，我感覺很累了。」

爺爺鼓勵著說：「安吉拉，請你忍耐一下，而努力往前走，這一座山很小，我們就快到山峰，到了那裡，你就可以好好的吃點心和休息了。」

格林山丘是一座不很高的山，不久，他們終於來到格林山腰的綠地，綠油油的草地上開著金黃色的奶油花，他們找到了一片濃密的草皮，放下了背包，亨利開始幫著爺爺搭著帳棚，安

二隻老鼠與爺爺到郊外野餐， 他們終於爬上了高高的山頂尖

吉拉的兩隻腳非常的酸疼，她幾乎攤在綠地上，而不能動了。

爺爺說：「安吉拉和亨利，今天我們的露營需要用到烤火來烤肉，所以需要使用木材，我請你們倆位一起到附近的森林裡檢一些木材回來帳棚，以便於使用，謝謝，但是你們要格外小心和注意安全喔。」

安吉拉和亨利一起結伴到了格林森林附近檢拾木材，他們看見綠野到處是花兒開放，芬芳的花卉，吸引了許多的蝴蝶飛舞，美麗的的蝴蝶吸引了安吉拉的注意，由於好奇心的驅使，安吉拉和亨利已經忘記了檢拾木材的事，他們開始追逐著蝴

蝶，隨著蝴蝶跑來跑去而開心的叫著。

好奇的安吉拉和亨利為了追逐著蝴蝶，他們竟然迷路在森林裡了。

他們開始找尋原來的方向，可是，由於此地是一個陌生的小山，到處是森林，森林裡的樹木非常的高，他們找不出原來的路而反而越走越遠了。

天氣愈來愈黑，他們聽到森林裡的烏鴉啼叫，有狐狸走動的腳步聲，他們害怕得發抖，亨利的年紀小，他的帽子被風給吹走了，他害怕得全身顫抖不停，他幾乎要哭喊，然而，卻被

二隻老鼠在森林裏迷路了

安吉拉的手給掩住嘴了。

一陣風一陣雨的吹襲著，安吉拉和亨利小心的躲在濃密的樹叢林裡避雨，雨過後，他們姐弟倆又開始找尋出口，突然間，他們看見有了兩顆圓圓的大眼睛緊緊的盯著他們，似乎在找尋他們的去

處，他們聽到可怕的貓頭鷹的叫聲，他們真害怕極了，亨利已經不能自己，他一路跟著姐姐，一路哭喊著：「爺爺快來，我們迷路了，我和姐姐安吉拉很害怕啊。」

森林裡的兩顆大眼睛漸漸的接近了安吉拉和亨利，一閃一爍的亮光，照亮了大地，他們姊弟藉著這個燈光，集中了視力而努力的巡視出口。

多麼靜謐無聲的四周圍，只聽到遠處傳來輕輕的腳步聲，他們聽到腳步聲音時，以為是壞人來了，於是害怕地躲在濃密的樹叢林下，小心翼翼而仔細地聆聽著，腳步聲漸漸地向著他們的身邊走來，也越來越靠近他們，明亮的燈光照亮了安吉拉和亨利，這時他們意識到熟悉的腳步和聽到親切的叫喊聲，他們知道那是爺爺來了。

爺爺說：「安吉拉和亨利，你們倆位，不要害怕，請你們不要再擔心和哭泣，爺爺就來救你們了，你們現在是安全的，放心跟著爺爺回到帳棚吧。」

安吉拉高興地叫聲爺爺和抱緊了爺爺的腳，亨利則跳到爺爺的身上給爺爺抱著。

爺爺將倆盞燈交給了安吉拉提拿，爺爺的兩隻手緊緊的抱

住了亨利，一面安慰著亨利，一面跟著安吉拉所提著燈，回到他已經準備好的帳棚。

溫暖的營火，照亮了正在跳舞的安吉拉和亨利，看見孫兒倆的歡樂，爺爺回憶起讀書時，與同學一起到野地營火的情景，於是他的歡笑也跟著來了，他一面吹奏著手風琴，一面高興地唱起歌來湊熱鬧。

歡笑聲充滿了格林小山丘森林地，他們祖孫三個有了一個愉快的夜晚。

第二單元

紫蘿蔔

1 紫蘿蔔

肯德農場是兔子威克家族的一個大農場，每年到了春天，太陽很早就起來，春天到了，天氣也開始轉暖和，兔子爸爸威克帶著一家人來到農場開始耕種，小兔子麥克和弟弟妹妹們也跟著爸爸媽媽來到農場裡幫忙。

威克兔子一家人最為喜歡的食物是白菜和紅蘿蔔，栽種這些蔬菜前，必須先做好種子的挑選工作，對於種子的挑選工作，就由兔子媽媽帶著兩隻比較小的兔子弟弟和妹妹來負責，由於經過乾燥的冬天，農田裡的土地地質非常堅硬而缺少營養，於是兔子威克與小麥克負責翻土的工作，由於大家的分工負責，整個農場的的白菜和紅蘿蔔，不到一個星期，就全部栽

兔子家庭的兄弟姊妹們相處得和諧快樂

種完成。

白菜和紅蘿蔔的成長還必須經常的鋤草、澆水和施肥，兔子小麥克和弟弟妹妹們，在炎熱的大太陽下，不怕辛苦也學著爸爸媽媽蹲在農田裡鋤草，同時也灑上了肥料，太陽下山了，他們一家人才帶著疲倦的身體回家，鋤草的工作是斷斷續續的做，而且需要有耐心地等到青菜都成熟才能停止，所以那是一件非常辛苦的工作，然而，小麥克和弟弟妹妹們都不怕辛苦，努力跟著爸爸媽媽學習。

經過三個月後，白菜和蘿蔔都成熟了，兔子小麥克和弟弟弟妹妹們提著菜籃子到農田裡拔蘿蔔，弟弟妹妹們的蘿蔔又小又紅，只有小麥克的蘿蔔好大好大，而且拔不起來，兄弟們合作，喊了：「一、二、三用力拔！」終於把蘿蔔給拔出來了，拔出來的蘿蔔很大很特別，卻是紫色的，大家都很驚訝。

小麥克忙著咬了一口說：「嗯！很好吃！」，弟弟跑過去咬了一口，他說「嗯！很甜！很棒！」妹妹也想著要吃一口，拗不夠妹妹的懇求，小麥克終於答應了，妹妹接過來咬一口說「嗯！太好吃了，謝謝哥哥。」

爸爸媽媽讚美小麥克說：「小麥克，你不貪心又會分享，

是一個好孩子。」小麥克聽了高興得笑哈哈，並且搖著短小尾巴，一直跳躍著，謝謝爸爸媽媽的誇獎，小麥克懂得分享快樂，他真的是一隻好乖的兔子。

2 水牛的報恩

機器的發明尚未普遍的農業社會時代裡，農民對於穀物農作物的耕種，全部需要仰賴著牛兒來代勞，農夫們甚至於運送這些穀物也是仰賴著牛作為交通工具，黃牛也會作耕田的工作。但是在耕田的工作，以水牛較為輕巧而黃牛較為粗拙些，而載貨和運載穀物的工作是以黃牛較為能走遠路。

牛的種類有乳牛來供養牛奶，有水牛來耕田，黃牛來拉

車，牛是農夫們最為要好的友伴，尤其在農業社會時代，牛隻在農夫的家庭裡就好像是家中的一位成員，這在當時農夫的家庭對於牛兒的禮遇幾乎是一樣的，這一些牛兒們中，與農夫的感情最好，也最為親近的，莫過於是水牛。

農夫從小居住在鄉村，隨著父母到農田裡幫忙耕種，鋤草，收割，每日晨起就與牛兒問早安後，供應牠新鮮的糧食，新鮮的水，這一些新鮮的糧食就是新鮮的牛草，新鮮的甘蔗葉和甘藷藤，牛棚是牛住的地方，除了水泥地外，一般都會鋪上稻草，如此牛兒在躺臥時也會舒服些，牛棚內的稻草除了每日必須更換外，還要清除牛棚的乾淨。

牛有四個胃，所以牠們啃食東西時，先把草吞進第四個胃裡，而後再慢慢地將食物吐出細細咬嚼，於是我們看見牛時，總覺得牠的嘴巴一直都在忙著咬嚼著東西而不停止。

在農業社會時代，牛在農夫家庭的地位也不輸於家中的任何成員，因為在當時的時代，倘若少了一條牛，那麼農田的耕種就要費很大的功夫，或是需要等待其他農夫們的牛有空閒時來幫忙耕種，如此對於耕田或是耕種的時間也許就要逾時，也因此會耽誤產收期。

水牛懂得如何報答主人照顧的恩惠

隨著耕耘機以及其他種田機械的普及，舊農業社會時代，用牛來耕田種植，其效率已經跟不上機械的快速。農田裡的農作物，雖然可以由機器來代替人工，但是，還有一些較為特殊的作物仍需要用牛以及人工來處理較為方便，尤其比較細緻的工作，更需要以人工來做活。由於耕耘機的機械漸漸作了各種的改良，一般也都有各種規格的犁頭，所以縱使較為細微的耕耘工作，機械也都能取代，因此農田裡的耕耘工作，漸漸地不使用牛來耕耘，所以造成遺憾的事情，就是牛隻耕田已經慢慢消失了。

從小在鄉村長大，隨著父母辛勤的農耕生活，與牛有了一份難以忘懷的情愫，雖然農業社會時代的鄉下生活已經是過去的事情，然而人總是有了緬懷過去的歷史，才會策劃更好的將來。緬懷牛的耕種和辛苦，古時候很多故事來描寫牛的一生，

牠除了為主人耕田拉車拉貨外，最為重要的是牠有靈性，那是其他動物所不具有的。

在很多的故事中，最為大家所知曉而又很普遍性的故事，就是牛郎星與織女星的七夕故事，據說當時的牛郎家裡很窮，牛郎的父母過世後，長兄所分到的財產是家中可以生產的農地，而牛郎所能分到的是一隻年老的牛，和不能生產的一小塊雜地。

小弟牛郎辛勤耕耘和刻苦生活，除了努力將小雜地割草鏟鋤，使得不值分文的雜草地，也能隨著四季的更替，種植各種的穀物和雜糧，這一位農夫牛郎同時也幫鄰居們耕耘播種、鋤草收割等工作，除了可以增加自己的收入，還可以改善生活。

與小弟共同生活的是老牛，幫小弟改善生活的也是老牛，牛郎與老牛相處甚為愉快，他對於老牛的照顧有加。

時間就像如此一年一年的過去，老牛的年紀也越來越大，有一天，老牛生病了，身體非常地虛弱，牠就對著牛郎說我將不久於人世了，當我過世後你可以將我的皮作成一件衣服，這是一件可以幫助你不會被火燒也不會被刀傷的衣服，而且它會是一件可以當飛船來飛，只要你做人誠實而樂於幫助人且努力

工作，上天會祝福你，你會遇到一個美麗的公主，她是天帝的女兒，在今年的七月七日會在河邊游泳，其中有一位穿著粉紅色羽衣裳，長得最為漂亮，也最為年輕的仙女會是你的好妻子，只要你誠心誠意地向她表示愛意，她會嫁給你的，不過你必須好好的愛她，她會是你的好妻子，你們會有兩個孩子。

牛說完後不久就死了，牛郎非常的傷心，老牛是他唯一可以互相照顧的朋友，然而，老牛的心願是如此可敬，他也只好遵照老牛所的說話努力工作，並且好好的保存這一張牛皮，這一張牛皮確實是可以擋風擋雨和擋火，甚至於還可以作為一條飛船在空中上飛。

隨著時間的飛逝，牛郎遵照老牛的吩咐在七月七日那一天，誠如老牛所說的，他趕著牛來到仙女河河邊的一塊青草地，讓牛在草地上吃草，而獨個兒靜悄悄地坐在草地上看著書，他偶而舉著頭望著藍天白雲，觀賞著天上的雲彩變化。

突然間他看見天上雲彩輕輕飄飄像是漂亮的羽衣裳，漸漸地飛下來，沒多久，在草地上竟然出現了十二位美女，這些美女看起來很像仙女一樣，個個長得非常地漂亮，她們帶著微笑慢慢地向著他的方向走了過來，牛郎感到非常地緊張而靦腆，

他靜靜地坐在新養的小牛身旁，飼餵著牛兒吃草，當作沒有事情發生一樣。

十二位美女圍繞著牛郎，其中有一位年紀比較大的仙女問著說：「請問你的名字叫什麼？家住在哪兒？」

牛郎說出自己的名字。「那麼你就是在此地有名的小善士牛郎了吧？」這一位大姐又繼續說著：「我們是從天上到凡間來的仙女，我們奉著天帝的聖旨，護送著我的妹妹織女來看你，織女因受到你為人的善良與做好多善事，受到感動，而父王也願意將最小的妹妹許配給你，並且回家與你共事夫妻生活，她可以幫你織衣，改善你的生活。於是，我們姊妹們奉天上父王的命令，帶著妹妹前來，我們幾位仙女就陪著她下凡間，現在你就帶著我的小妹妹回家，好好地愛著她吧。」

牛郎又驚訝又歡喜，他馬上鞠躬下跪說聲謝謝，不久，當牛郎起來時，已經不見那一群仙女，而他的身邊就是那位最為美麗的小公主織女，於是牛郎與織女就結合成為夫妻，過著幸福的生活。

牛的靈性是如此的靈驗，他更懂得感恩和回饋。

3

蚱蜢和蟋蟀

有一棵牽牛花就生長在英國北部約克郡山的森林裡，它的枝條伸展得很茂盛，而軟綿綿地攀爬在竹圍上，它的葉子是翠綠色的，每天太陽一出來，牽牛花就開出像喇叭似的花朵，可愛極了，所以大家又稱它為喇叭花，喇叭花的顏色有很多種，比如紫色、白色、粉紅色等等。

春天到了，天氣很暖和，太陽一清早就從東方出來，喇叭花看見太陽出來了就追著太陽跑步，它把嘴巴張得大大而深深的呼吸著，當它呼氣的時候，一朵一朵美麗紫色的花高興的開放，當它吸氣的時候，軟軟的枝條一步一步地往上升爬著。

暖和的輕風吹來，有一朵小小的紫色喇叭花被風吹落在綠色的草地上，一隻綠色的小蚱蜢看到，牠檢起了喇叭花，大聲地說：「多麼好看的喇叭花呀！」於是牠開始嘀嘀嗒嗒地吹奏起來，正在一棵蘋果樹爬上爬下的小松鼠聽見了，拍著手叫好說：「真好聽的歌啊！」小蚱蜢很有禮貌的回答著：「謝謝」。

小蚱蜢沿著森林的小道路又高高興興的吹呀吹呀！牠吹累

了，就躺在地上睡著了。

兩隻小蟋蟀從蓬鬆的泥土裡鑽了出來，牠們同時看見地上這一朵美麗的喇叭花，這兩隻小蟋蟀很不禮貌而又爭執著這一朵喇叭花，突然間，哎呀！喇叭花碎了！小蚱蜢一覺醒來，看不見喇叭花，心裡難過傷心地哭了起來。

風姊姊說：「小蚱蜢，請你不要難過，我再送你一朵更大更美麗的喇叭花。」

她呼呼幾聲，一朵美麗芳香的粉紅色小喇叭花，就落在地上。小蚱蜢小心的撿起來，又開始吹起音樂，喇叭聲響遍了整個森林，兩隻小蟋蟀向小蚱蜢說聲：「對不起，我們錯了，請你原諒我們吧。」小蚱蜢說：「沒關係，只要你們知錯能改，就好了。」兩隻小蟋蟀於是隨著「嘀答！嘀答！」的喇叭聲也跟在小蚱蜢後面唱起好聽的歌來了。

從此以後小蟋蟀兄弟倆不再爭執，不再吵架，小蚱蜢成了牠們要好的朋友，牠們每天都聚在森林裡，一起玩遊戲，一起吹奏著喇叭，快樂的唱著歌，牠們的歌聲充滿在綠色的森林裡。

4 鳥兒學唱歌

住在北威爾斯的小雲雀，名叫珍妮，從小家境清寒，雲雀媽媽知道過著窮苦的日子，很是可憐的，她有三個女兒都長得漂亮和會唱歌，她不希望家境的貧窮連累了自己女兒的前途，於是，她希望女兒需要到外面的世界多多學習和表現，於是小雲雀珍妮離開媽媽南西，而獨自前往威爾斯南部的鄉鎮方向飛行，她在空中發覺有一個森林非常的青翠濃密，於是她飛下來休息片刻，她看見森林的名字排匾上寫的是威克森林，地點就是劍橋區。

珍妮覺得威克森林非常的乾淨和濃密，位於森林不遠處就有一個世界有名的劍橋大學，珍妮是一個喜歡學習的好孩子，於是，她想到這兒會是她可以落腳的地方，她可以一面找工作，一面到大學城裡再進修學習，珍妮的主意打定了過後，她就在一棵蘋果樹旁的濃密叢林處，找個落腳的地方，等過些日子，再來建立自己的窩。

住在威克森林裡的鳥兒種類多，然而這兒的很多鳥類，原來都不會唱歌，會唱歌的鳥兒也都唱得不好，她們每天無所事事，只會悠哉悠哉的飛來飛去，到草地上找蚯蚓，或是在叢林裡，玩捉迷藏遊戲，當地的鳥兒的共同語言就是嘰嘰地叫，和比手畫腳作為傳達的工具。

有一天，從很遠的地方飛來了一隻很會唱歌的雲雀，她的名字就是珍妮，珍妮離開了威爾斯的家，而來到劍橋後，她想要找一份工作和再進修，她曾經拜訪劍橋的鳥學校，學校的教務和校長是美麗的黃鶯卡洛琳，她給珍妮有了很好的建議，那就是她可以一面到小學的學校教鳥朋友唱歌，一面再到大學裡進修較為深的音樂哲理，卡洛琳同時也為珍妮推薦，當地一所有名的小學聖安德魯學校的校長彼得，珍妮同時也做了學校再進修的申請手續。

珍妮與彼得校長見了面後，他同意給珍妮在聖安德魯學校一份音樂老師的教職工作。

雖然珍妮得到了彼得校長給予的音樂教職工作，然而，珍妮為了讓安德魯彼得校長，和老師及家長們對於她的教學有信心，於是珍妮就選了聖安德魯學校附近的聖安德魯公園，舉行了一場免費的個人音樂演唱會，邀請學校的老師們和家長一起來聆聽欣賞。

雲雀這一場音樂表演表現非常好，雲雀的歌聲是那麼悅耳，感動了森林裡所有的鳥兒。聖安德魯學校很多鳥兒媽媽非常感動，她們相信彼得校長的選擇是對的，校長及老師們都相信珍妮會是一個好老師。

於是雲雀就在安德魯學校的廣場上，開始教學起來，開學的第一天，大家很有禮貌地互相打招呼認識，雲雀首先教音符，他教一聲：「吱吱吱do de me」大家就學唱一聲：「吱吱吱do de me」，她再教一聲：「啾啾啾me fa so」大家就學唱一聲：「啾啾啾me fa so」，所有的鳥兒的學習態度都非常的認真，唯有一隻名叫吉姆的烏鴉，上課時很不專心地四處張望，當大家唱著：「吱吱吱do de me」，吉姆卻唱成：「嗏叉渣row do kua」，所以雲雀老師時常要多花時間和很有耐心的糾正烏鴉的學唱，也時常提醒他上課時要專心聽講。

雲雀珍妮的班級都來自不同地區，和不同種類的鳥兒，這些鳥兒有了他們自己的口音和家鄉語言，所以在學習的音質和音調上，都會出現不同的音色出來，珍妮在教學上會感到吃力，但是珍妮非常了解要身為一個好老師的精神所在，要有耐心外，他自己必須要在教導中再學習，如此與學生們互相溝通

和學習，這一種教學的態度，除了使自己能夠與學生打成一片外，在教學和幫助學生的學習上都會很有效用的。

教了幾天後，雲雀老師為了檢查學生學習的情況，就一個個地點他們起來個別唱，起初大家發音都不準，鳥兒同學們都大聲地笑，最後雲雀點了烏鴉吉姆，吉姆紅著臉，扭扭捏捏地站了起來，又不好意思低低地發出了聲音，由於它的羞澀，發出來的音符走了調，聲音又不好聽，於是大家哄堂大笑，這一笑，使得烏鴉更羞紅了臉，它暗地裡想：「嘿！多丟臉呀！糗死了！」雲雀阻止了大家的笑聲，為了糾正烏鴉的發音，她叫烏鴉大聲地再唱一遍，烏鴉卻想：「這不是存心丟我的臉嗎？我才不願意再獻醜呢！」於是他不吭一聲，快快地飛走了。

經過雲雀努力地教，雖然開始大家都唱得不好，互相被笑來笑去，可是卻沒有像烏鴉吉姆不聲不響地飛走，鳥兒們很有耐心地學習下去，後來所有的鳥兒們都學會了唱歌，唯獨烏鴉到現在還不會唱歌，他還是一直以咯咯的叫著來作為他的語言。

俗語說得好，任何人在學習的領域裡，倘若沒有認真學習，尊敬師長，對自己又沒有信心半途而廢，是學不到本領的。

5 動物們的搬家

位於英國中部的一個工業城市，有很多的公園，還有一個頗為有名的野生動物園，這一個動物園裡有了各種的動物，如馬、牛、驢、狗、兔子、貓、猴子、虎、狐狸、狼等。

這一個工業城向來以製造和出口工業產品而著名，工業帶給人們財富，然而，相對的卻會影響當地環境的乾淨，甚至於受到污染，地方政府總是設法來解決，因發展經濟所帶來的負面影響。

居住在此工業城附近的動物們，每年都會舉辦動物的聯歡會，他們開會的地點每年都在不同的地點，不同的時間裡，大體上，都在人煙稀少而較為安靜的地區舉行。

今年，仍依照往年一樣，在夏季的大熱天裡舉行，然而，此次的動物聯歡會卻非常的特別，參加與會的動物非常的多，整個會議的場地非常的擁擠，參與此次會議的動物們都非常的激動也非常的緊張，開會的時間也非常的長，動物們幾乎每天都有不同的話題一件接著另一件的事情，他們熱烈地討論著。

開會的那一天，天氣非常的晴朗，太陽高照在天上，會場準備了各種的點心、果汁和汽水等，這些都是由動物媽媽們不辭辛苦地在開會的幾天前就相聚在一起準備。

開會所討論的事情雖然多，但是這一次最為重要的主題是【動物們要搬家】。

開會時，首先，由主席老虎作簡報，他走路時竟然是一拐一拐地可憐模樣。他的腳雖然跌倒受傷，但是，他還是勇敢的挺起胸膛，往講台上站立著。

很有威嚴的動物王老虎不急不徐地說著：「我們這一群森

林裡的動物們相處在大地上，互相合作，大家和諧，快樂而平安，然而，近幾年來，我們居住的環境發生了莫大的變化，根據我們會裡的統計，每年無辜被殺死或是受到空氣污染而得病死亡的動物逐年的增加，今年又比往年多，所以今天我們在此地所要談的主題，就是我們必須搬家。」老虎的聲音宏亮而有力。

動物們聽到老虎所作的簡報都非常地訝異，大家互相對看著，仍保持安靜而聆聽著。

老虎在作報告時，他一直在打噴嚏，他的鼻孔塞住了，他在講話時非常地吃力，他的聲音哼哼吶吶，而漸漸不清楚，但

老虎在大家面前說明動物們要搬家的理由

是他還是強作精神繼續的說著。

老虎說：「空氣的污染實在是愈來愈嚴重，這促使我們對於環境的保護更加覺得需要，保護環境是我們的責任，是我們大家一起需要通力合作來維持的事，但是，在我們的族群裡，總是有一些不合作的朋友，今年我們已經決定有位朋友作了兩件事情而必須接受大會的懲罰。」

老虎說到此，突然停頓，每一隻動物都怕自己，會是被大會懲罰的其中人選，他們都緊張地注意聆聽著老虎的下一句話。

然而，只聽到動物王慢慢而喃喃地說著：「我們必須懲罰猴子。」

動物們都表示了驚奇的神色，而異口同聲地問著：「為什麼我們必須懲罰猴子呢？」

老虎不慌不忙地回答著：「首先，我必須向被懲罰的動物

說聲對不起，然後我來解釋，為什麼要懲罰猴子的理由。」

老虎又說著：「我們都知道猴子們喜歡吃香蕉，但是，他們吃完香蕉後，卻將香蕉皮亂丟，這是他們的壞習慣，而這一種壞習慣，我們在會議裡，多次提出警告，但是，猴子們的家長都沒有將小孩教育好，於是，被丟棄在地上的香蕉皮就黏在地上。因此，使得在路上行走的其他動物們容易滑倒而受傷，你們看見我現在拐著的腳，就是我今天早上要來這裡參加會議時，因路上的香蕉皮滑倒而受傷的。」

老虎又繼續說著：「大家都知道，猴子的祖先喜歡吃桃子，他們的祖先有很好的中國功夫，拯救了很多人，倍受所有動物們的尊敬和歡迎，但是，他們的後代，沒有學到好功夫，卻學了壞習慣，什麼是他們的壞習慣呢？那就是吃了甜的桃子後，卻將果實亂丟，桃子的甜份吸引了眾多的螞蟻，螞蟻吃了桃子的甜份後又將果實丟到河裡，於是河床被阻塞了。」

老虎激動的說著：「那一條河是我們飲水的來源，是我們喜歡游泳的河流，如今河水被堵塞，當下大雨後，有了水災，農夫的農田被淹水，農作物收成不好，於是農夫們坎了樹林的林木，作為睹水牆，於是林木被砍伐，引起我們沒有安身的地

方，樹林被砍伐而大風來了，沒有擋風的樹林，風一來，我怎麼不會感冒而流鼻涕呢？沒有擋風的樹林，我們都會被獵人發現而被射擊或是被殺，如此一來，我請問各位，我們的下一步又應如何來維持自己和後代的生命呢？」

老虎說到此，又開始打噴嚏和流鼻水，甚至於流眼淚，他從講台上一跛一拐的來回走著。

老虎又是激動著說著：「親愛的兄弟姊妹們，今天我們的森林面臨了這樣的居住難題，我再請問各位，我們又應如何來採取對策呢？」

在台下聚精會神聆聽老虎作報告的眾多動物們，大家都瞪大了眼睛，甚至於都張大了嘴，異口同聲地說著：「親愛的國王，我們搬家吧。」

在眾多動物們的聲音裡，還可以聽到有些動物提高了嗓門聲說：「那麼，領袖，我們又如何懲罰罪魁禍首的猴子呢？」

聰明，靈敏而又伶俐的老虎說：「我們是一個非常民主的社會族群，我的作事原則，一向是尊重眾人的意見，而且更以寬厚慈悲待人，對於大伙兒的處事判斷是獎賞分明，如今，請問大家，我們又如何來對待猴子的錯誤呢？」

此時台下，議論紛紛，動物們各說各話，卻沒有一個較好的處理方案。

老虎見大家議論紛紛卻沒有一個方案，於是他說著：「我們體諒猴子平常為人處世非常謙虛，而當農夫忙於農耕時，又願意幫忙農夫採集各種的果實，他也時常幫忙大家採收穀物和採集在高山上的果實，這一些糧食是供應我們的主要食物，於是將功贖罪，我們就給他打幾個大板就好。」

眾多動物們你一聲我一言的議論紛紛，大家不停地說著：「那麼，請問國王，我們要給猴子打幾個大板呢？」

老虎說：「七十二下大板如何？你們大家同意嗎？」

台下的眾多動物們，大家都舉手歡呼著說：「國王精明，國王仁慈，國王萬歲，我們同心協力跟隨老虎國王吧！」

可憐的猴子就這樣被抓到庭外打了七十二個大板，他的屁股被打得通紅受傷的，而永遠留下沒有辦法彌補的痕跡。

第二天，國王辦公室前的佈告欄上：「請眾位朋友為我們的動物們搬家事宜一起來分工合作，有錢者出錢，有力者出力吧，使得我們的搬家事宜能很順利地完成。」

6 安於世故的蝸牛

蝸牛，他看見太陽就頭痛，而就將頭深深地躲在他的屋子裡，但是，他很喜歡下雨天，雨一停，他就伸出他的頭角鬚，探一探外面的世界，而到外面的草地上緩緩的散步，甚至於還做了深深的呼吸，吸收雨後的新鮮空氣。

早晨，太陽還未出來時，他是所有動物中最早起床的，他使用了田園裡的滴露來洗澡和喝水，肚子餓了，就到田園裡的採摘最為鮮嫩的菜葉來添飽肚子，日子一天一天的過去，非常的平靜也非常的順利，他沒有大野心，他覺得日子過得很滿足。

然而，整個宇宙的天氣有了很多的變化，有些地方非常的熱，有些地方卻非常的冷，住在農場裡的一些野生動物們，都有了搬家的計劃，有些動物們已經陸陸續續的搬了家。

太陽每天很準時地早出晚歸，一些小動物們都已經搬好了家，重新建立起新家園，還跟隨著太陽日出而作日落而息，唯有蝸牛獨居在自己的殼裡，對於天氣的變化，他一點兒都不知道。

有一天，住在森林裡的螞蟻，和住在附近小河裡的蜻蜓一

起來看蝸牛，他們倆告訴蝸牛有關天氣的變化，和大地出現了不正常現象，他們給蝸牛的建議希望他最好搬家。

蜻蜓說：「前邊靠近小河的地方有一個土堆子，那兒是個好地方，有密密的叢林，有鮮花和野果實，小河雖然不寬，卻甚為清澈，我們幾個友伴就住在那兒。」

螞蟻說：「蜜蜂、蝴蝶、青蛙、蚯蚓等，他們也都住在那兒，你是知道的，蜜蜂總是一天到晚忙不停，他為大家釀了蜜，蝴蝶是愛美又愛跳舞的小精靈，她更愛飛來飛去地傳播花粉，青蛙聒聒地叫不停，為了捕捉害蟲，他每天在河邊的荷花辦裡跳不停，蚯蚓更是農夫的好朋友，翻鬆了泥土，大家同心協力，決心做好一番事業，努力耕耘，雖然辛苦，別有樂趣，也甭說有都快活了。」

蝸牛聽了蜻蜓和螞蟻的一番話後，他有多麼興奮，他打定了主意，決定要搬

搬了新家的蝴蝶非常快樂地在花園裏飛舞

家，並且希望自己也能像其他朋友闖出一番事業來。

蜜蜂聽到蜻蜓和螞蟻描述著蝸牛的生活的環境，和受到熱天氣的煎熬，他是一位熱心的朋友，他為蝸牛感到難過和傷心，蜜蜂來到蝸牛的家要為他搬家。

蝸牛看見頭上的太陽是那麼的大，又那麼強，他就有了猶豫，他說：「蜜蜂先生，謝謝你的熱心，我都已經準備好要搬家，但是，今天我不能搬家。」

蜜蜂不解地問：「蝸牛叔叔，為什麼呀？」

蝸牛回答說：「今天，太陽太大，太強烈，又太熱的曬著我的身體，我的皮膚會受到傷害的。」

蜜蜂聽了，失望地走了。

過了兩天，美麗的蝴蝶飛來了，她在蝸牛的家飛來飛去，而且停在蝸牛家與蝸牛聊天，蝴蝶對著蝸牛說：「蝸牛叔叔，今天我特地抽空來幫忙你搬家。」

蝸牛伸出了額頭看一看天氣，他看見天上有雲層，滿天是颳著風，沙塵到處飛揚著，於是他又猶豫了。

他對著蝴蝶說：「蝴蝶小姑娘，我感謝你的熱心，我雖然都已經準備好要搬家，但是今天我卻不能搬家。」

蝴蝶不解地問：「蝸牛叔叔，為什麼呀？」

蝸牛回答說：「今天，雖然沒有太陽，但是風沙飛塵太大，這些飛塵會擊破我的嫩皮膚，而受傷流血的。」

蝴蝶聽了，失望地走了。

又過了幾天，天空沒有太陽，也沒有風沙飛塵，而是下著雨。

熱心的青蛙聒聒地叫著，跳著，他來到蝸牛的家，希望能為蝸牛幫忙搬家，可是，蝸牛伸伸頭角鬚探一探，他望著天上是下著細細的毛毛雨，他又猶豫了。

他說：「青蛙弟弟，謝謝你的熱心要來幫我搬家，只是今天，我還是不能搬。」

青蛙聒聒不解地問：「蝸牛叔叔，為什麼呀？」

蝸牛回答說：「今天，雖然沒有太陽，也沒有風沙飛塵，但是卻下著雨，雨地很滑，小土墩的斜坡又太陡，我無論如何的努力，還是會受傷流血，而爬不上去的。」

熱心的青蛙沒有辦法遊說蝸牛的決定，於是他搖著頭，唱著聒聒的聲音跳走了。

蝸牛的過分猶豫，而且也沒有決心，甚至於不聽其他人的奉勸，於是家一直沒有搬成，但是，他的年紀越來越大了，對

於搬家的事更是困難。

然而，蝸牛是一位富感情的人，當他有精神時，他時常趁著陰雨的天氣，出來爬一爬，探一探頭，他甚至時常朝著小土坡張望而感嘆著：「只怪我的個性總是堅持己見，而沒有聽從大家的建議，如今，我的身體不像從前的硬朗，我搬家的願望更不能如願了，我又能發展出什麼名堂來，我只能在原地裡過著平淡而樸實的日子，直到年老了。」

第三單元

一個紅蘋果

1 一個紅蘋果

在威恩河旁有一棵蘋果樹，蘋果樹媽媽每年都會開了很多的花，開完花後都會結很多的果實，小蘋果每天接受雨露的滋潤，和蘋果媽媽的照顧慢慢地長大。

秋天來臨的時候，長大了的小蘋果們，漸漸地露出了紅紅的臉，人們走過蘋果樹都會讚美著，這一棵蘋果樹的美麗和健康。

小蘋果們也甚受人們的歡迎，美麗的蘋果每天都以微笑的臉龐迎接喜愛她的人，而移居到不同家庭裡。

有一年的春天，蘋果樹媽媽像往年一樣，開了很多美麗粉紅色的花，來到威恩河旁的小道散步的人們，都會稱讚蘋果樹的美麗和芳香，而爭著要在蘋果樹下照像留念。

正當蘋果樹媽媽，陶醉在人們讚美的那一天晚上裡，天氣突然地變壞了，天空閃電交加，巨大的狂風吹起，又夾帶著傾盆大雨，蘋果媽媽可擔心極了，她抓緊了河旁的木柵欄杆，深怕自己會被風吹走，而失去了自己的生命和未長大的小蘋果花。

第二天，雨過天晴，蘋果樹媽媽總算還活著，但是，一件

令人傷心的事發生了，讓醒來的蘋果媽媽難過極了，那就是風雨交加的夜晚，在一夜之間，竟然將所有的蘋果花掃落了地。

蘋果樹媽媽傷心留著眼淚，因為她可以預先知道，她的蘋果花被暴風雨掃落了地，所以這一年的秋天來臨時，她的蘋果樹是結不了果實了。

蘋果樹樹媽媽每天哭得傷心難過，然而幸運地，躲在蘋果樹媽媽的腋下最為隱密的地方，還存留著一朵欲開花的花苞，張開了嘴巴向著樹媽媽說：「媽媽，請你不要難過哭泣，還有我，仍然安全地活在這兒。」

蘋果樹媽媽看見又聽見躲在最為安全隱密處，仍然有了小女兒存在著，於是，蘋果樹媽媽終於破涕微笑了。

颱風過後不久，蘋果樹的小女兒終於開出了粉紅色而最為美麗的花。

隨著春去，夏天溫暖天氣的來臨，甘霖滋潤了整棵樹，蘋果樹媽媽小心翼翼地把小女兒照顧的無微不至。

小蘋果也非常乖巧聽著媽媽說的話，白天微笑看著太陽，晚上依慰在媽媽的身邊，欣賞著圓圓的月亮和閃閃發光的星星，聽著媽媽唱著搖籃曲而好好地睡覺。

夏天也有強風的來臨和大雨的侵襲，小蘋果會害怕地對著說：「媽媽，媽媽我很害怕，天上的雷聲響和颱風的侵襲，還有傾盆大雨打在我的身上是多麼的疼痛。」

小蘋果知道媽媽很喜歡她，她時常依在媽媽的身旁撒嬌著。她不吵鬧不頑皮，但是，偶而也會玩遊戲，還會向媽媽開著玩笑，而逗得媽媽合不攏嘴。

蘋果樹媽媽總是安慰著小女兒說：「請你不要害怕和難過，有媽媽在你的身旁保護和照顧著你，你會很安全而快樂地活著，而且也會慢慢地長大成一個漂亮的紅蘋果。」

秋天漸漸的來臨了，蘋果樹媽媽看見小蘋果漸漸地長大了，她換了裝扮，改穿了媽媽為她準備好的粉紅色衣裙，她顯得多麼漂亮而可人，經過河邊散步的人們都讚美著小蘋果的美麗。

秋高氣爽，隨著中秋節的來臨，蘋果媽媽知道小蘋果不久就會離開她，而嫁到另一個肥沃的土地裡，她有一點難過，所以近日來，她都沉默不語。

天真無邪的小蘋果看見媽媽落落寡歡，於是問著媽媽：「親愛的媽媽，這幾天來，我看見你愁眉不展，你為何事而煩惱，是什麼原因呢？」

於是蘋果媽媽很誠懇地告訴了小蘋果說：「媽媽沒有煩惱，這幾天來，我看見你漸漸的長大了，我很高興看見你越來越美麗，真像一個美麗的小公主，將來有一天，你會離開媽媽而到另一個地方，媽媽只有你這麼一個漂亮的女兒，媽媽有一點兒捨不得而難過。」

小蘋果跟著媽媽說：「親愛的媽媽，我不想離開你，而到另一個地方去。」

蘋果媽媽說：「親愛的小女兒，男大當婚，女大當嫁，我雖然會難過，但是，這是一個代代相傳的道理，你也需要到外地去建立一個家庭，而傳宗接代的。」

小蘋果隨後向著媽媽說：「親愛的媽媽，雖然我長大了，要離開媽媽，但是，你只有我這麼一個女兒，我要陪伴著你，直到明年的秋天，我有了弟弟妹妹後，我才離開你。」

蘋果媽媽說：「傻孩子，媽媽雖然也不願你離開我，但是，當你長大得成熟紅潤著臉，是最為漂亮而甜蜜的，這時，你才會遇到最喜歡你的王子，而嫁到王公貴族家庭裡，享受榮華富貴呢。」

雖然，小蘋果不喜歡離開媽，尤其不喜歡攀龍附鳳，但是

聽到媽媽說的有很有有道理的話，她默默地不說話了，她怕離開了媽，於是，她緊緊的依慰在媽媽的懷抱裡。

秋風微微地吹著，小蘋果像是坐在一個搖籃裡，她快樂極了，媽媽對著小蘋果說：「親愛的小蘋果，風吹搖曳著，雖然舒服，但是，你也得小心啊。」

小蘋果跟著媽媽說：「親愛的媽媽，我會好好地保護自己。」

一個天氣晴朗的星期六假日，住在威爾斯古堡的約翰和珍妮，她們跟著爸爸和媽媽沿著威恩河散步，她們走到這一棵蘋

一個美麗的紅蘋果是蘋果樹媽媽的好孩子

果樹下坐著休息，她們聽見有一隻知更鳥正在蘋果樹梢上唱著好聽的歌，珍妮喜歡知更鳥，她抬起頭看見了知更鳥，也看見了一個紅潤的蘋果高高地掛在這一棵蘋果樹的枝頭上。

珍妮公主的眼睛最

為亮麗，她看見了這一個蘋果，在太陽照耀下是多麼美麗渾紅，於是她大聲嚷著：「親愛的媽媽，這一棵蘋果樹長了一個很漂亮的紅蘋果，哥哥，你會爬樹，請你爬上這一棵蘋果樹梢上，幫我摘下那一個漂亮的紅蘋果，好嗎？」

小蘋果在媽媽的身旁聽到了珍妮的叫聲，她可緊張極了，小蘋果跟著媽媽說：「親愛的媽媽，我不想離開你，我不想離開你，請你把我抱得緊一點，不要讓她們把我給帶走而到另一個地方去吧。」

蘋果媽媽說：「親愛的小蘋果，不要害怕，不要難過，這正是你嫁到威爾斯古堡裡生活的最好時機，那兒的花園寬廣而美麗，倘若你能住在那兒的花園，會接受到最為美好的照顧，而長大後更能傳宗接代，你就和媽媽親一親，說個再見，而勇敢的跟著約翰和珍妮前去吧！」

向來都很聽話的小蘋果，此時只好流著眼淚，依依不捨地跟著媽媽說再見：「親愛的媽媽，我得走了，你一個人住在這河邊，也得好好保重自己，而小心的照顧著自己，我會寫信請鴿子叔叔送給你我的信息，你放心吧！」

於是，紅潤又美麗的小蘋果跟著約翰和珍妮回去威爾斯古

堡了，小蘋果此時很勇敢，她知道媽媽所說的的話是對的，她有信心會在古堡的花園裡成長，她將來會長大，有了強壯的身體，每年會開了很多粉紅色的花，結了很多的果實，作了傳宗接代的工作。

2 長春藤的難過

在英國倫敦西邊，有一個小城名叫格林佛，格林佛小鎮的四周盡是綠地圍繞，而且有一條美麗的柏恩河環繞，小鎮樸實而風景美麗，有一條寬廣的道路，車水馬龍非常地忙碌，車道兩旁種有茁壯美麗而高聳的栗果樹，栗樹在每年的春天就會開著美麗串串燈籠似的花，花兒芳香，很是美麗。

栗樹的朋友多，然相處在一起有了很多年的朋友就是長春藤。

兔子的試探

每年的春天，春風微微帶一點兒涼意，早晨，太陽未出來前，露水灑在寬廣的綠色草地上和樹叢林裡，使得整個大地鋪上了綠衣裳，空氣是多麼地清新涼爽。

每日栗樹早早就起來，他的身體，樹葉和枝幹接受了晨露的洗濯，顯得非常的清秀而乾淨，過不久，只要太陽一出來，他那含苞待放的花朵，就會成串的開出美麗粉紅色的花卉，每天來到樹下坐著聊天的幾位老人朋友，就會一起唱些舊有的老歌和說故事給他們的孫子聽，栗樹也會分享老人的喜悅和歡心。

喜歡攀爬在栗樹身上與栗樹作伴的是長春藤，也一樣陶醉在老人的故事裡，還有喜歡唱歌的知更鳥，也會窩在栗樹的樹枝上唱出最為拿手的歌，聽聽老人到處去旅行的新鮮故事，知更鳥偶而也會從栗樹的身上輕輕的躍起，而向著藍色的天空裡自由自在的飛翔。

多少年來，栗樹總是如此無憂無慮地過著日子，雖然沒有轟轟烈烈的大事發生，但是也過得怡然自得。

然而，漸漸地，整個市政府的都市計劃有了新的改變，就拿格林佛這一個小鎮來說吧，由於小鎮樸實卻不繁榮，人們過著平淡的日子，遇到經濟不景氣時，很多人就會失業在家，於是生活清苦，市政府的稅收就少，市政府無從作各種的公共設施和現代化的設備，市政府時常被少數市民抱怨和不滿。

於是，市政府允准在車站附近的一塊綠地，整地改建了商業中心，商業中心的建立必須將道路兩旁的栗樹給坎除，改建的消息一傳來，受到當地居民的全力反對。

歷經多年，政府當局訴說著各種改建計畫，會帶來當地的繁榮和發展，多次與當地居民開會與溝通，雖然遭受少數人民的反對，然而，改建的計劃，仍然依計劃進行。

栗樹早早就起來，接受晨露的洗塵，他顯得乾淨而清新，他像往日一樣，等待著太陽出來，美麗的花包就要齊放，雖然今年是格外的不同，過了這一個春天，栗樹會被砍除，而結束了生命，但是栗樹卻很勇敢地站立，面對會發生的事情，只是長春藤每日依

長春藤與松樹爺爺相處得非常快樂

依不捨，甚至於整天圍繞著栗樹爺爺不放。

長春藤是一棵很有感情的樹，他知道與栗樹爺爺不久就要分開，他心中真是難過萬分，長春藤雖然沒有哭泣，但是總是哭喪著臉，而顯得無精打采的樣子，他的樣子呈現得明顯，每天與爺爺過著難分難捨的日子。

栗樹爺爺雖然難過和傷心，然而，他卻很勇敢的要接受事實的來臨，於是他安慰著長春藤說：「長春藤小弟弟，請你不要如此傷心難過吧，我知道你與我有了濃厚的友誼，你和我相處多年，我們一起分享快樂和悲傷，我們一起分享自然給予我們的恩典，我們一起欣賞著鳥語花香，然而，天下哪有不散的筵席，在不久的將來，我們彼此就要分開，你可以依同樣的精神，來對待著你的新朋友，無論你們在天涯海角，都要記得將愛傳播到世界各個角落裡。」

長春藤知道只要他努力的攀爬伏地行走，他一定能夠找到新朋友，然而，珍惜老朋友的那一份情誼，可真不容易啊。

長春藤聽見爺爺勇敢的話後，他知道爺爺的心裡是多麼難過，然而，為了安慰長春藤，爺爺自己反而表現得特別地勇敢。

與栗樹爺爺相處的日子並不多，長春藤心中雖然難過萬

分，然而，看見栗樹爺爺的勇敢面對，他真正學到無論面臨多麼困難和令人難過的事，只要想得開，則大事也會化成小事，困難的事情也會跟著迎刃而解，長春藤想到此，他跟爺爺學會了處之泰然，為了博取栗樹爺爺的開心，長春藤與栗樹爺爺像往日一樣話家常，和說說笑笑地開心過日子。

3 富耐心的梨樹

田園溪邊，長了一棵梨樹，那是花園裡的主人，從一大片的果園中挑選出來移植栽種的，經過一年餘，不知是什麼原因？這一棵梨樹一直長不大而且瘦弱矮小。

主人一點兒都不知道原因，也說不出理由來，他想這一棵梨樹缺少了營養，需要添加肥料，他到商店裡買了肥料和新鮮的泥土，於是，好的泥土和良好的肥料，就在晴朗的天氣裡添

加在梨樹的四周圍，為了保護營養土，不會因為下雨而流失，農夫還特別在小梨樹的跟部周圍，用良好的樹皮葉給包紮好，主人對於這一棵梨樹，所做的用心是誠懇和耐心，是值得稱許的。

這一棵梨樹雖然矮矮的，卻不失主人的期盼，於春天時，盛開了花朵，有一天，來了一陣雷雨，在這一棵梨樹上，飛來了一群躲雨的麻雀，喜歡嘰嘰喳喳多嘴的麻雀，雖不會唱歌，卻也難改本性，在樹上雖然躲著雨，仍然七嘴八舌的話家常，他們似乎有說不完的故事，而且東拉西扯地說個沒停。

有幾隻麻雀們停在枝頭上，異口同聲說著：「你們瞧一瞧這一棵樹，長得多麼可憐，真不像他的兄弟姊妹們的茁壯，卻是瘦得像皮包骨。」

一些麻雀們應聲著：「是啊，真可憐，瘦得連葉子都長得小小黃黃，片片葉葉支離破碎的。」

另一些麻雀們更說出了令人難聽的話：「是啊，真可憐，這一棵梨樹雖然主人付出了愛心，然而他卻不爭氣，不但沒長大，甚至幾乎將成了廢物的一枝樹，我看它雖然開花，將來也不會結出果實來。」

盛開著花的梨樹，聽了麻雀們信口開河而不負責任的話，卻認真了起來，它的心裡可真難過極了，它的淚水和雨水相伴流了下來。

雨過天晴，這一群愛說話的麻雀們也飛走了，太陽公公露出了臉來，它微笑著，長長的鬍鬚隨著微風飄散著，洗臉過後的太陽公公可真年輕又帥氣多了。

太陽看見了正流著眼淚的梨樹，關心了起來。

它問著梨樹說：「孩子，出了什麼事而讓你如此得不開心，天氣乾燥得很久，好不容易來了這一場大雨，雨水滴露在你的頭上，而你的身體接受了滋潤，添加了你的營養，會使你長得高又壯，然而，今天我看見你，好像不開心，到底是為了什麼？快點兒告訴老爺爺，也許我可以幫你的忙。」

梨樹此時停住了眼淚，告訴太陽爺爺，自己哭泣和不高興的原因。

聽完梨樹的陳述後，太陽公公反而大笑了起來：「哈哈哈，你何必為那些口不遮掩，嘰嘰喳喳而不負責任的話而白費心思呢？今天，你開了整樹美麗的花，你的主人付出了愛心和無比的耐心來照顧著你，難道，你還不相信自己，在不久的將

來，結不出香甜的果實來嗎？到秋收的季節來臨時，那些嘰嘰喳喳的麻雀們，還會再來讚美你。」

果然不出所料，當天氣轉入了秋風瑟瑟，一粒粒的梨樹果實長得黃黃而沉甸甸地掛在枝頭上的時候，麻雀飛來了，並且帶來了很多的朋友，甚至於還帶來了很會唱歌的知更鳥，他們停棲在梨樹的樹枝上，唱著歌，跳著舞，他們整日唱著讚美的詩，他們以詩來讚美這一棵梨樹的可愛和美麗及耐力。

小小的故事似乎喚醒了我們自己，我們生活在這一個混雜的社會團體裡，不乏眾多長舌婦的族群，他們每日無所是事，專愛挑別人的是是非非來娛樂自己，或是因為忌妒而心懷不軌，來搬弄是非，或是詆毀別人之短而來顯耀自己之長，他們的說話與批評都是一些不負責任的話，他們的行為和態度，不但會傷害了對方，而且，對於他們自己並沒有什麼利益，反而混濁了自己的人格而不自覺，這種人是害人之外，更害了自己，是社會的害群之馬，倘若不反省，到頭來吃虧的還是自己。

4 草兒的堅強和毅力

走進公園看見一片綠油油的草坪像是地毯似的鋪在地面，縱使沒有紅花綠葉點綴，呈在眼前的是一片讓視覺感到非常舒適的綠色銀幕，無疑地，精神也為之振作，倘若坐在舒適的快速火車裡，遠望著綠野，高樹聳立，綠葉枝條隨著風兒搖曳生姿，或是走在鄉村小道，看見綠油油的稻禾像是一片綠色的海洋，隨著風兒吹拂而波浪起伏有致，真是美麗至極，宇宙自然不需要刻畫出迎人的圖案，然而，盡在眼前卻是一幕幕洗不掉也忘不了的景觀，怎不令人讚美而觀賞不止呢？

走在綠油油的草地上，雖然沒有聽到草兒向著我喊了救命，我很輕巧的踏在他們的身上，深怕傷了它們，我的心中油然而生感佩草的堅強和愧疚傷了他們的身體。

說到草兒的長相，很是平凡，只是綠油油，談不上美麗，但是我認為草兒是最有耐力的一種植物，承受外來的襲擊也最多，它們不怕風雨交加和霜雪的淋浴，也不懼怕外來的侵略與踐踏，總是彎著腰兒以微笑與人招手，它們真像是一位能屈能

伸的紳士，它們不惜犧牲自己，努力地傳宗接代，年輕的草兒是很獨立而欣然地快速成長。

我們都知道草兒的成長不需要太多的肥料和人工，然而它們卻長得良好健康又快樂，甚至於我們還要設法剷除，否則蔓延的速度可真快，反觀很多需要保護得很好的花兒，不但需要很多的人工去照顧和經營，甚至於還會遭受到很多的病蟲害，培育和栽種植物的道理，是一件頗為深奧的學問，必須了解植物的種類、個性，懂得土質、水分的保持和肥料的多寡，所耗費時間多，更需要有耐心的等待。

　　與草兒最為親近的朋友，莫過於是蒲公英花和人類。

　　有一天，我依往日的來到公園散步，遇到平日時常打招呼的英國老太太，我看見她心神不安而帶著一點憂慮的神態，她的眼睛一直往草地上看，我跟她招

草兒很堅強地接受朋友們在它的身上踐踏

呼，問她說：「珍妮，你好啊！你似乎有什麼心事嗎？」

她回答著說：「琳達，你好，沒有啊！我看見一群小孩子們在長得綠油油的青草地上玩球，他們很用力地踐踏草地上的黃色蒲公英花，而一群小女孩們更將黃色的蒲公英花串成一朵朵的項鍊，那些草被踏成泥地樣，那會是使草兒長得不好的，於是，我擔心而直喊著，小朋友們，快一點兒離開草地吧，可是，卻沒有聽見任何人回應我，我可擔心公園裡的美觀，全被破壞了，琳達，你說是嗎？」

我見她一副不安和擔心的神態，於是，我安慰著她說：

「珍妮，你說得對啊！不過，珍妮，我可以告訴著你，你可不用如此的擔心和難過，青青的草是很歡迎小朋友們來到它的身上跑步，它多麼希望個個小孩子們，因為時常來到它的身體上踐踏，而訓練成為一個好的運動員，和有了強壯的身體，那麼，草兒的犧牲，是多麼值得讓人敬佩，再說，小草的身體很硬朗，也很堅忍，過些時候，它又會長得綠綠青青的，珍妮，所以你也不要因此而難過和傷心吧！」

珍妮又問著我說：「琳達，那麼小女孩們又在草地上，將朵朵美麗的蒲公英花編成串串的項鍊，她們破壞了草地，又破

壞了黃色的小花，你說啊！那又怎麼辦呢？」

於是，我又安慰著她說：「珍妮，對於這一個問題，你就更不需要難過，因為蒲公英花，最歡迎小朋友們，將她們的種子傳播到世界的任何一個角落裡，她們黃色的花帶給人們歡樂，所以蒲公英花可真開朗，歡迎小女孩們，將她美麗的花串成花環戴在頭上的那一份美麗和快樂，那就是蒲公英花開放在人間，讓人欣賞和開心，我也可以這麼地說蒲公英花和草兒，有了那一份誠懇的心，和闊達的心胸，端看世人對於他們的犧牲是如何的想法，珍妮，你說是嗎？」

珍妮聽到我的解釋和說明後，她也快樂地與我一起散步而開心的與我聊天話家常，於是，我們倆個人也忘了在公園裡繞了多少圈，只是覺得比平常多了三十分鐘的散步。

5 不再孤獨的康乃馨

每年的二月是進入春天的季節，花園裡的一些花兒都含苞待放著，她們就要在春神來臨時，開始展現她們特有的美麗和芳香。

每一種花都有她的漂亮和迷人的地方，玫瑰是最為受歡迎的花卉，她的花型顏色和芳香是多麼受人喜歡，然而，因為受到很多人的喜歡，玫瑰花也非常的驕傲，當我們採摘玫瑰花時，不免都會被她的刺給刺傷了，栽種玫瑰花需要有很好的耐心和呵護著，因為玫瑰花最容易遭受蚜蟲的病蟲害，而且花開過後不久的幾天裡就花謝了，花兒雖美麗與芳香，卻是不能耐久。

鬱金香花是荷蘭最有名的國花，她的花型可真特別，頗受多人的喜愛，她的花型真像一個酒杯，花開的顏色有紅、黃、白、紫，其中以紅色最為鮮豔和吸引人，也許因為她的花型像酒杯，所以有裝滿了酒的芳香似的，當花開一天後，花型就像醉翁一樣就給醉倒，花型給撐開張口而凋謝了，也因此她並不是插在花盆或是花瓶內的好花材。

在英國，有一種花名為水仙花，頗受英國人的歡迎和喜愛，水仙花的原產國是中國，是馬可孛羅時代被引進了歐洲，而英國是從荷蘭國引進後，加以培育成各種的花色和型態，從此變成英國威爾斯的國花，而且很普遍地受歡迎的一種花卉植物。

經過品種改良的水仙花，她的花型真像是一支喇叭，花的顏色只有黃色和白色，不用培育在水裡，於每年的秋天時，將袍根種在土裡，到了二月時，含苞待放花蕾齊放，所以每年一到了春天，黃澄澄的花開滿了整個英國的公園和住家的花園裡，遠看著公園就像一群排列好的管弦樂團，在綠地上演奏著春天的歌，教堂內的大廳兩旁，水仙花總是以笑臉迎人，水仙花也不負眾人之所望，花開鮮豔美麗而芳香，只要花一開，其花期竟然有兩星期之久。

英國的情人節是在每年的二月十四日，母親節是在三月的第四個星期日，與其他國家所認定的母親節完全的不同，在這一個國家裡，水仙花竟然就是她們用來象徵愛的花卉，可見水仙花在英國備受歡迎的程度，而且水仙花的成長並不像玫瑰的嬌嫩，她可以到處成長到處開放，她普遍地受歡迎而開得自然豪放，然而，很可惜地說，水仙花只是在春天裡開花，而一年

也只有一次的開放，想要看黃澄澄的水仙花，也只能在每年二月的情人節和三月的母親節裡欣賞她。

反觀在英國的花圃裡種了很多種不同型態的康乃馨，康乃馨是一年四季都可開放的花卉，然而，她卻不像水仙花那麼地受歡迎，每當教堂裡插著盆花或是花瓶花時，少不了要摘取幾朵康乃馨作為陪襯花，因為她一開花，其花期竟然有了三個星期之久，所以使用康乃馨作為襯花，可真划算。

被插在花盆以及花瓶的眾多花兒，與康乃馨花一起見面時，不免都會為康乃馨花叫屈，而給予同情和安慰了幾句話，然而，康乃馨反而覺得很自在，她總是自我陶醉地對著她的花朋友們說：「諸位花卉姊妹們，我們又見面了，請你們不要嫌棄主人要我坐在你們的身旁，來陪襯你們的美麗，請你們也不要為我難過，因為你們是這一盆花的新娘，而我只是你們的伴娘，我不會搶走你們的好鏡頭，讓我們好好地相處吧！」於是康乃馨在盆花的花材的選擇上，都是作為陪襯花。

有關於康乃馨花的故事很多，在西元十六世紀時，康乃馨是波斯人在陶瓷上作為最為上等的彩畫的花卉，古希臘有一個以編織花冠維生的少女，手藝精巧，深受畫家，詩人的欣賞，

不再孤獨的康乃馨是母親節的聖花

由於她編織的花型受歡迎，所以生意好，卻招來同業的忌妒，終至被暗殺，太陽神阿波羅為了紀念這一位少女，就將她變成秀麗的康乃馨，因此古希臘名人迪奧弗拉斯圖稱康乃馨為——神聖之花。

康乃馨心情不好的時候，想到自己生長在這一個不被重視的國家裡，在愛插花的諸多主人的眼光裡，沒有被接受為主流花卉，而總是做了一位陪襯的花卉，換一句話來說，她幾乎只作為一位女配角的角色，永遠當不上主角，想到此，她有時候也會感到自己受委屈而傷心，偶爾，她也會在沒有人的角落裡

而哭泣。

在西元一九〇七年的美國費城裡有一位名叫賈維斯女士，為了發起訂立全國性的母親節，而作了不眠不休的遊說和演講的活動，她說服了他母親所屬的教會，在他母親的忌日，五月的第二個星期日裡，舉辦母親節慶祝活動，在當天，人們身上配戴著康乃馨向親愛的母親致敬，母親尚健在者，佩帶紅色的康乃馨花，若母親已經過世者，則佩帶白色的康乃馨，已表示內心的懷思。

賈維斯女士的敬愛母親節活動，從此普遍地在美國各地普遍地傳開來和被接受。於是，在一個深具意義的美國總統威爾遜的簽署文件裡，於西元一九一三年五月十日由美國參眾兩院通過國會的決議案件，並由威爾遜總統於一九一四年正式簽署公佈：每年五月的第二個星期天定為母親節。

從此，世界各國及各地的人們也都很快的認同了這一個深具意義的節日，康乃馨成為敬愛母親的花卉，成為大家心目中象徵母親的花。這一天，人們向母親贈送各種各樣的禮物，青年人手持一束康乃馨送給自己的母親，一些遠離母親而居住在他鄉的遊子，到了母親節的這一天，不是打電話問候，就是由商店代為送花至母親的手中，以表示對於母親的崇敬和感恩，美國還規定家家戶戶要掛上國旗，以表示對於母親的尊敬。

自此，康乃馨不再哭泣，不再自怨自哀和自卑自嘆，她更不再感覺寂寞和孤獨，她受到普遍性的歡迎，人們也特別的重視這一種花卉，於是經過多年的改良和培育，康乃馨有了各種的顏色和外觀，每年五月裡，她和其他眾姊妹們坐著輪船走訪了美國，看見美國到處的人們，身上都配帶著康乃馨花，她高興的眾姊妹們打招呼，她高興的笑著，她笑得可真開心極了。

康乃馨於每年的五月更是開遍了世界各地的花園和花圃，

她閃爍著美麗的花顏，就像一盞不滅的燭光，照亮了每一個人的臉龐對於親愛的母親致敬和感恩的心。

第四單元

追逐太陽的喇叭花

1 黃澄澄的水仙花

母親節就來臨了，英國的母親節有別於其他國家，在每年三月的第四星期天是母親節，這是根據基督教的故事而來。

當你有機會來英國或是住在英國這一個國家裡，如果你來的時間恰好是春天，又是三月水仙花開的季節時，你一定會驚訝，英國的公園或是小山丘到處都是開得黃澄澄又鮮豔的水仙花，美麗似喇叭的芳香花卉開放得美麗，你感到驚羨不已，印象深刻而：「哇一聲！」為什麼中國的水仙花，普遍地長在這一個國家的大地上，而不是長在水盆裡？

水仙花是中國人每逢過年時的一種年花，每年春節前後，室外是冷風刺骨，萬般凜冽，冰凍霜寒，而室內總有一盆種在清水裡的水仙花展開了清翠的枝葉，開出了淡雅芬芳，黃而鮮的花卉，使得屋內生氣盎然，人的眼睛也為之一亮，身體暖和倍覺得溫馨了起來。

自古以來水仙向來倍受畫家，文人雅士所歌頌和讚賞，水仙花有單瓣和雙瓣之分，單瓣種比較普遍，每一朵花有六片純

白色或是黃色的花瓣，那就是三片花瓣三片花萼所組成，因為水仙花不分花萼和花冠，所以稱為花被。花瓣分內外兩層，內層就在花被的中央，拖出一朵金黃色杯狀的小花，這一朵小花叫作副花冠，非常好看，清奇雅麗具濃香，是水仙花的特徵，也是它迷人的地方。

十九世紀以後，英國及荷蘭大力從中國進口水仙花，他們培育另一種花朵較大，種類多，花姿優雅而花色鮮豔無比，一般被稱為洋水仙，是甚受歡迎的寵兒花。

水仙喜歡生長在水邊和陰溼地，所以有關它的傳說和神話，不論中外都離不開池畔，水仙的英文名叫Narcissus，音譯為納希瑟斯，在希臘神話中，這原是一位美男子的名子，故事是說這一個美少年，有一天在池邊的水影中，照見自己有英俊的容貌，從此十分迷

黃澄澄的水仙花像朵朵的喇叭開放在青草地上

戀自己水中的影子，而天天就坐在池邊，最後竟然投河而死，他死後，在池邊長出一叢叢美麗的水仙花，人們因此就叫這一種花為納希瑟斯花了。

水仙花又是英國北部威爾斯的國花，相傳在西元五百年時，在威爾斯有一個名叫大衛的聖者，他是威爾斯一個小鄉村酋長的兒子。

大衛是一個非常聰明的孩子，從小時常跟隨著父親到各鄉村去巡視，他雖然來自有錢人家的孩子，家裡有了寬闊的農田耕地，和頗多的房屋出租農家，他並不驕傲，相反的他富有憐憫心，他看見鄉村裡有很多窮人家，那些窮人家由於生活辛苦，房屋簡陋而衣服破爛不堪，甚至於沒錢送孩子去學校讀書，而小孩子們都沒有接受教育，而只是當富有人家的佣人，或是孩子從小就要到工廠裡作工，賺一點錢貼補家計，他時常搖頭而不知如何來幫助這一些家庭和孩子。

當大衛十五歲時，在三月的有一天裡，他正在花園裡整理花樹，由於近中午時分，他躺在樹下休息，他作了一個夢，他夢見了一個親切和藹的聲音對他說話：「大衛你是主的孩子，你是主福音的傳播者。」

隔一天，他的父親叫著他到大廳堂，並面帶笑容而和藹可親的對他說：「親愛的孩子，我們將要送你到義大利讀神學。」

三年後，大衛學成歸國，他就在威爾斯西邊的一個鄉村作傳教士，除了傳道外，還在當地普遍地設立學校、建醫院、救濟院和創辦各種社會福利設施，很受當地人們的愛戴和尊敬，威爾斯人為了感恩以及對於大衛的追懷，就在他的逝世紀念日三月一日頒定為聖大衛節。

三月剛巧是英國水仙花盛開的季節，於是，從那時候起，水仙花就成為威爾斯的國花，而每年的三月的第四個星期天就是母親節，就在這一天裡，美麗可親而富愛心的媽媽們，都會從可愛的兒女或是天真無邪的小孩子們，送來一串黃澄澄的水仙花。

2 傳播愛的蒲公英

晨起，匆忙的梳洗完畢，就來到附近的公園裡散步，帶一點兒霧氣的晨曦暈黃微光，很是美麗。

微微的春風雖然有一點兒涼意，卻甚為清新。看見了幾隻細小的白毛髮，尾端帶著微小尖尖的東西，它們似乎非常的輕巧，而能自由自在地在空中飛翔。

我心中起了懷疑，那會是什麼東西？看起來真像是白色小鳥的羽胎毛隨風飄飛著，然而，仔細觀察這幾根細小的羽毛，它們的尾巴都帶有一粒的褐色的種子。

我拖著臉左思右想，於是讓我想到了，那不就是在這一個公園裡，到處可以看到，點綴在遍地是綠油油的草坪上，黃色蒲公英花成熟的的種子嗎？它們在微溫的晨曦裡，已經睡飽了，全身感覺舒服而熱呼呼地起個大早，向它們的母親告別，在微風中，搖曳著尾巴高興升了起來，愉快地飛向遠方去旅行了。

蒲公英的媽媽是一位多產的媽媽，它生活在一個非常簡單樸實的環境裡，只要有一小啜的土和一點點的露水，就可以生

長，它尤其喜歡與青青的草地為伴，而綠油油的一片草地，也一樣地更喜歡與純黃而每天張嘴笑嘻嘻的蒲公英作朋友。

無可質疑地，蒲公英散發出來的黃色輕淡的香味，黃澄澄的蒲公英花點綴在綠色草坪上，它們顯得漂亮而可愛，而青草有了蒲公英的點綴，更彰顯其精神換發而有勁，蒲公英花和青草，它們倆彼此互相欣賞而互相關懷著，還時常吸引著喜歡在草地上跑步的小朋友的青睞，偶爾也會有小朋友採了黃色的花來做花環，蒲公英花也不會因此而生氣，它時常帶著微笑歡迎著，它每天總是以快樂的心情迎接著太陽，過著快樂的日子，她更是歡天喜地的與青草話家常。

蒲公英的眾多孩子，並非每個人都很順從母親的意思去做事，大致說來，多數的小蒲公英喜歡聽媽媽的話，而願意離開媽媽，到各地闖天下，但有些則喜歡依在媽媽的身旁，而向周邊散播著愛的種子。

清早，當小蒲公英要離開媽媽時，蒲公英媽媽總是會送給每一個長大的孩子一把白色的小傘，它親親孩子們的臉龐，輕輕地對它們說著：「孩子們，去吧！到東西南北，海闊天空的世界去闖吧！那兒正等著你們去發展。」蒲公英媽媽又繼續說

蒲公英很有愛心的到處開放

著：「無論你們在天涯海角，都要記得將愛傳播到世界各個角落裡。」

一陣微風吹來，蒲公英的孩子們，告別了媽媽，撐起了小傘，忽高忽地從地上飛起，隨著風飄呀飄的走了。

然而，住在牆角落

的一棵梨樹媽媽，它並這樣地想，它為蒲公英媽媽的做法難過和擔心，於是，它不忍心地說出了話：「蒲公英姐姐，一大清早，我看見你就將你的孩子一個一個地送著它們出門，難到你那麼地忍心地讓你的孩子們，獨自在外地受凍和受挨餓嗎？」

蒲公英媽媽回答著：「梨樹妹妹，你要是知道的，這是我們蒲公英家族的作風，我小心的照顧著我的孩子，但是當孩子長大了，我得依照傳統，讓我的孩子們到海闊天空的世界，讓它們學習獨立和成長，唯有如此，我們才能傳宗接代地更久遠。」

每當蒲公英媽媽想起了孩子們，它心中是多麼難過萬分，

時常在暗地裡掉著眼淚，它很能了解細小而脆弱的孩子，怎能經得起風雨交加的摧殘，它的心中雖然為孩子的離開而傷心，然而，它知道唯有這樣，孩子們才能接受考驗而不害怕而更為勇敢。

想到孩子們的前途是充滿著希望，是將愛散佈到世界各個角落裡，蒲公英媽媽又展顏歡笑，快樂地與晨曦玩追逐，他更愛與青草隨風搖曳。

3 追逐太陽的喇叭花

紫色喇叭花，一叢一叢地長在路旁，它們似乎沒有牽掛，也沒有煩惱，它們的根莖是那麼柔軟地攀在路旁的竹籬圍牆上，沒有人會去注意它，它更是無拘無束地攀爬環繞，向著太陽，它就是俗稱的牽牛花。

牽牛花又稱為朝顏，它有柔軟的根莖沿著圍牆繞，跟著樹兒爬，花兒張開口像是一朵朵的大喇叭，一清早就與太陽玩追

逐遊戲。

牽牛花的藤蔓一根一條的環繞圍牆而往上面爬上去，看見一朵朵花兒盛開著，顏色有紅、紫、藍、白等各種顏色，美麗萬分，花朵點綴在綠葉之間，猶如天空上的星星在閃爍，當小小的姑娘走過它們時，會脫口而出，啊！小喇叭，小喇叭，隨著這一聲的驚呼，於是花兒的名子就深深地烙印在這一位小姑娘的心坎裡。

牽牛花的花兒是由葉腋長出，一梗上有三朵花，單瓣或是重瓣，花冠成漏斗形，花梗看來像是一朵大喇叭管，花朵很大而薄薄的，形狀酷似喇叭，所以稱作喇叭花。它真像黎明的號子，催著人們要積極進取，奮進努力，勇往直前的戰鬥精神。而且牽牛花的花期很長，花兒的藤蔓成長快速，無時不做迴旋向上，象徵著人們有了朝氣蓬勃的生命力，有英勇不屈不饒的精神。

人們一定會覺得很奇怪，為什麼牽牛花花兒總是在朝開午謝，其生命卻是如此的短暫呢？

那是因為牽牛花的花瓣是非常地大而薄，又富有水分，而它多半在夏季開花，受到艷陽的照射，花瓣裡的水紛蒸發得非

常地快，而牽牛花的莖蔓很長，根本來不及從跟部補充得到了水分，所以在中午的時候花朵就開始凋萎了，如果花朵開在陰涼的地方，花兒凋萎的速度就稍微緩慢些，甚至於到了下午仍可以看見花朵，另外一個原因使牽牛花兒的壽命短暫是一棵花兒的雄蕊和雌蕊非常地接近，柱頭很容易碰到花粉而授精，授精後的花瓣就凋謝了。

牽牛花喜愛攀著家居附近的牆圍成長，與人的情感最為豐富，人們與它有了親切而深深的情懷，於是，有了牽牛花的故事就發生在名叫梅西的故鄉。

曾經有一位小女孩名叫梅西，小時候家裡很窮，她每天早起跟著農夫爸爸到農田裡作工和放牛，她每天看見樹籬上一朵朵喇叭似玉的牽牛花迎接著她，她因此喜歡這一種美麗清香又匍伏在地上或是攀爬在草兒身上的牽牛花，她割草照顧著牛兒有了新鮮的食物，就在草的周邊摘取一串牽牛花作成花冠，戴在牛兒的身上，並且也唱著兒歌給牛兒聽。

隨著歲月的成長，小女孩梅西長大了，牛兒也漸漸地老了，農夫爸爸和媽媽由於努力的作工賺錢，家裡的生活改善了，她們也能供應梅西可以遠離家鄉出外讀書，從此，照顧著

牛的工作都落實在雙親的身上，梅西很了解父母的愛心和辛苦，於是，學校一有休假的時候，她盡可能回到了故鄉，照顧著牛兒到農田裡吃草。

梅西雖然長大了，但她不失孩兒的天真，她還是像小時候一樣，摘取一串牽牛花作成花冠，戴在牛兒的身上，有一天老牛生病，她餵著老牛吃草，她竟然看見老牛流出了眼淚，小女孩也跟著哭泣了，隔天她看見她們最為喜歡的牛安祥地過世了。

經過了多年，梅西結婚有了自己的女兒，她有了自己的小農場，她時常帶著女兒愛麗絲走在農場的田埂裡，她看見了自己的農場裡竟然長了好多好多不同種類的牽牛花，這時候她想起了伴著她長大的牛，於是他回憶著故鄉那一大片的農田，梅西流下了眼淚。

她傷心難過的時候，她哭泣，他聽到女兒愛麗絲的聲音問著：「請媽媽不要哭，媽媽請你告訴我，為什麼攀在我們家前面院子牆圍上紫色的花稱為牽牛花，而不稱作牽羊花呢？」

梅西不加思索著回答著說：「因為花兒早起跟著農夫和牛說早安，它與我們最為親近，由於它的顏色甚為鮮豔美麗，吸引著牛兒不顧遐思地認為有牽牛花的地方就有草兒可以填飽肚子，牽牛花不就是這個樣子來幫我們照顧牛兒嗎？」

梅西深深地感謝親愛的牛帶給她的好運，可愛美麗的牽牛花它吸取大地最早的晨露，而開出最為燦爛的花朵，永遠跟隨著太陽，梅西相信喜愛牽牛花的人，就像牽牛花與太陽同起、同生、象徵著人們過著最有朝氣、勇往直前、不畏懼、不退縮的人生。

4 慈愛胸懷的番紅花

熱情洋溢的番紅花開啟了春的帷簾，在閃爍的陽光照耀下，是那麼鮮豔和美麗，番紅花的英文名子叫做庫勒克斯花，那是一位英國的植物園藝學家庫勒克斯先生，他攀登阿爾卑斯山採集而加以研究發展的，為了紀念他的發現，所以就將這一種花卉命名為庫勒克斯花，因為它是來自長城以外的番國，是被引進到中國來種植的花卉，所以才被稱作番紅花。

庫勒克斯花已經發展了很多種顏色，有紅、白、紫、藍、暗紅、紫白和紫紅等等，其中以紫色及暗紅色最受歡迎，英國人喜愛將各種的顏色的花栽種在一大片的綠色草地上，在暖和的陽光照耀下，這一種有六片花瓣而飽滿酒杯型的花卉，熱情的開放，非常美麗而芳香。

番紅花是一種具經濟價值和醫學價值的花卉，使用它在商業的價值是提煉花精、精油、香水染料，它在食品的使用上是作為糕餅點的染色點綴，那就是從花蕾提煉而成的香精香粉。

住在喜馬拉雅山山麓的印度人，每年在番紅花開放時，特別忙碌於採集番紅花，他們將整棵花曬乾提煉而外銷。然而，番紅花的提煉是從幾萬朵花的花心，那是從很多採花婦女的刻苦工作而得，所以番紅花粉精是昂貴的，是值得珍惜的香精。

每年番紅花的收穫是豐碩的，是歷久不衰的，隨著這一種花卉植物的栽種，也有了一些可以敘述的故事發生，而使得孩子們感到回味無窮。

古時候在喜馬拉雅山的山腳下有一個國家，這一個國家的百姓們非常的刻苦耐勞，但是住在這一個國家的一個美麗的

鄉村裡，住著一位善良的富翁，他非常富有而很有公德心和愛心，他為鄉民鋪橋造路，辦學校幫助窮人，他和太太結婚多年，卻沒有生兒育女，他們時常向敬愛的真神禱告。

有一年的春天，那是番紅花開放的早晨，這一位富翁，一清早就在花園裡作運動，突然聽見一聲聲的嬰兒哭叫聲，富翁到處查詢，發現就在一大片草地的番紅花上，有一個籃子裡有了一個剛出生不久的小女嬰孩哭叫著，當富翁抱起了她，很奇怪的，嬰孩就不哭了，富翁夫婦因為沒有孩子，於是就收養了這一個女娃娃，富翁把它取名為格蕾絲。

格蕾絲長大成為很漂亮的小姑娘，接受這一個國家的國王的求婚，國王很愛她，給了她一條鑲了寶石的項鍊，國王說：「這個項鍊是作為我表示我愛你的信物，倘若你把項鍊給丟了，那就是表示你背棄了我對於你的愛情，於是我對於你的懲罰就是斬斷你的雙手。」

古時候的婦女沒有地位，人們都有嫁雞隨雞嫁狗隨狗的觀念，對於背叛夫家的懲罰是非常的嚴格，而且女方如果被夫家認為有了不遵守的行為，就被判是一種犯罪的行為，而沒有機會解釋，這是不公平的。

有一天，格蕾絲王妃外出，在回來的路上，看見一個倒在城門口的乞丐，她非常的同情他，可是王妃身上並沒有食物也沒有錢，又如何來幫助這一位可憐的乞丐呢？王妃是一位善良又有慈愛心的王妃，她真像她的父親一樣，很有愛心，眼看著這一位乞丐，可憐的倒在地上而枯瘦的身軀，於是，她不加思索地將身上的項鍊贈送給這一個乞丐。

國王知道王妃丟了這一條他贈送給她的信物，他不問理由，也不聽解釋，就依照當年他對王妃所說的話而實行諾言，於是他請國家的斬首將軍斬斷王妃的雙手，並且將她遣送回娘家。

可憐的王妃就如此沒有任何的理由而犧牲了自己，失去了雙手又有了罪名。

獲得王妃贈送項鍊的乞丐名字叫做亞歷山大，是鄰近一個國家的王子，卻受到殘忍繼母的殘害，亞歷山大被放逐又被追殺，幸運地被父親的親信給拯救而才能逃命，然而，自己的國家已經不能居住，他必須逃難到鄰近的國家，他逃到巴格達這一個城市裡，此地他無親無故，他竟然流落在街上當乞丐。

流落在異鄉的亞歷山大王子，受到王妃的項鍊的贈與，為了躲避繼母的殺害，就隱名埋姓，並以這一條項鍊作為本錢，

努力的賺錢，經過幾年的努力，他成為巴格達地區的首富，並且也努力試圖挽救自己的國家，經過舊有政官和忠心職守的軍隊的幫忙，收回了自己的國家，並且登基成為國王。

成為國王的亞歷山大王子，他希望能娶到一位漂亮又善良的女子為皇后，有一天他作了夢，夢中說他的皇后是住在巴格達的一個從未出們的女孩子，他四處的查詢無著，他的信心是十足的，他相信神的指示是千真萬確的，他不怕艱難而到處的找尋，有一天，他接受天使的指引，來到富翁商人的家裡，他向富商說：「我想娶你的女兒為妻。」富商說：「你不知道我女兒的長相，就要娶她為妻，你知道她是斷了雙手的一個女孩子。」

亞歷山大王子說：「我不知道你女兒有什麼因由，但是，我想這是神的旨意，我還是要依照主的引領，娶你的女兒為妻。」

於是亞歷山大王子和格蕾絲就結婚了，格蕾絲是一個聰明美麗又善良的女孩，當了皇后除了能幫國王處理國家的大事外，更作了很多的慈善事業，然而，亞歷山大王不知道格雷思就是當年送給他的一條項鍊的王妃，格雷思也不知道亞歷山大

王子就是獲得他拯救的乞丐。

有一天，有一位老人，來到亞歷山大王的皇宮，他出現在國王和皇后的面前，對著皇后說著：「我以救世主的名譽送還給你的雙手。」這個老人撫摸著皇后被斬斷的手，於是皇后被斬斷的雙手又長出來了，並且皇后的脖子有一條鑲有多種顏色的番紅花式樣的寶石。

此時亞歷山大國王才知道，他眼前的這一位美麗善良的皇后就是當年拯救他而送給他一條寶石項鍊的王妃，於是他更愛著她，也更珍惜她有了如此寬大慈愛的胸懷。

少年文庫 05　PG0634

新銳文創
INDEPEDENT & UNIQUE

兔子的試探
——林奇梅童話故事集

作　　者　林奇梅
責任編輯　林千惠
圖文排版　郭雅雯、邱靜誼
封面設計　王嵩賀
封面、內頁繪圖　林奇梅

出版策劃　新銳文創
發 行 人　宋政坤
法律顧問　毛國樑　律師
製作發行　秀威資訊科技股份有限公司
114 台北市內湖區瑞光路76巷65號1樓
電話：+886-2-2796-3638　傳真：+886-2-2796-1377
服務信箱：service@showwe.com.tw
http://www.showwe.com.tw
郵政劃撥　19563868　戶名：秀威資訊科技股份有限公司
展售門市　國家書店【松江門市】
104 台北市中山區松江路209號1樓
電話：+886-2-2518-0207　傳真：+886-2-2518-0778
網路訂購　秀威網路書店：http://www.bodbooks.com.tw
國家網路書店：http://www.govbooks.com.tw

出版日期　2011年10月　初版
定　　價　260元

Printed in Taiwan

國家圖書館出版品預行編目

兔子的試探：林奇梅童話故事集 / 林奇梅著. --
初版. -- 臺北市：新鋭文創, 2011.10
面；　公分. --（少年文庫；5）
ISBN　978-986-6094-29-3（平裝）

859.6　　　　　　　　100015835

讀者回函卡

感謝您購買本書，為提升服務品質，請填妥以下資料，將讀者回函卡直接寄回或傳真本公司，收到您的寶貴意見後，我們會收藏記錄及檢討，謝謝！
如您需要了解本公司最新出版書目、購書優惠或企劃活動，歡迎您上網查詢或下載相關資料：http:// www.showwe.com.tw

您購買的書名：______________________________

出生日期：________年________月________日

學歷：□高中（含）以下　□大專　□研究所（含）以上

職業：□製造業　□金融業　□資訊業　□軍警　□傳播業　□自由業
　　　□服務業　□公務員　□教職　□學生　□家管　□其它______

購書地點：□網路書店　□實體書店　□書展　□郵購　□贈閱　□其他

您從何得知本書的消息？
　□網路書店　□實體書店　□網路搜尋　□電子報　□書訊　□雜誌
　□傳播媒體　□親友推薦　□網站推薦　□部落格　□其他__________

您對本書的評價：（請填代號　1.非常滿意　2.滿意　3.尚可　4.再改進）
　封面設計____　版面編排____　內容____　文／譯筆____　價格____

讀完書後您覺得：
　□很有收穫　□有收穫　□收穫不多　□沒收穫

對我們的建議：______________________________

____

____

____

請貼
郵票

11466
台北市內湖區瑞光路 76 巷 65 號 1 樓
秀威資訊科技股份有限公司 收
BOD 數位出版事業部

（請沿線對折寄回，謝謝！）

姓　名：__________ 年齡：______ 性別：□女　□男

郵遞區號：□□□□□

地　址：______________________

聯絡電話：(日) __________ (夜) __________

E-mail：______________________